THE WAL
DEAD™

LOS MUERTOS CAMINANTES

Volumen 1

DÍAS PASADOS

Editor: MATIAS TIMARCHI
Traducción: MAURO MANTELLA
Asesor editorial: MARTIN CASANOVA

Kirkman, Robert
The Walking Dead : dias pasados . - 1a ed. - Lomas del Mirador : OVNI Press, 2011.
v. 1, 144 p. : il. ; 24x17 cm.

Traducido por: Mauro Mantella
ISBN 978-987-1728-76-3

1. Historietas. I. Mantella, Mauro, trad. II. Título
CDD 741.5

Fecha de catalogación: 17/08/2010

Seguinos en:

OVNI PRESS EDITORIAL facebook.com

http://www.ovnipress.blogspot.com/

http://http://twitter.com/ovnipressedit

OVNI PRESS

Director: Matías Timarchi
www.ovnipress.com.ar // ovni@ovnipress.com.ar

1ra. edición // Septiembre 2011
República Argentina

Queda hecho el depósito que marca la ley 11.723
ISBN 978-987-1728-76-3
Impreso en el mes de Septiembre de 2011 en IMPRENTA 2.0 de INNOVACIÓN GRÁFICA S.R.L. - www.idoscero.com

ROBERT KIRKMAN

(Creador - Guionista)

TONY MOORE

(Dibujos - Tintas - Grises)

CLIFF RATHBURN

(Grises adicionales)

INTRODUCCIÓN

No estoy tratando de asustar a nadie. Si eso ocurre como una consecuencia de la lectura de este cómic, genial. Pero para ser honesto, este libro no se trata de eso. Lo que sostienes en tus manos es el trabajo más serio que he realizado en mi carrera. A ver... soy el tipo que creó *Battle Pope* (El Papa Guerrero). Así que espero que se den cuenta que tan serio es esto para mí. No será muy difícil creerme cuando vean que estoy profundizando en temas subjetivos que son extremadamente serios y dramáticos.

Zombis.

Para mí, las mejores películas de zombis no son aquellas que son un baño de sangre y *gore*, con personajes livianos y jovenzuelas en paños menores. Las buenas películas de zombis nos muestran que tan desastrosos somos, nos hacen cuestionar nuestro *status* en la sociedad... y el *status* de nuestra sociedad en el mundo. También nos muestran violencia, *gore* y todas esas cosas *cool*... pero siempre debe haber un trasfondo de consideración y análisis social.

Prefiero *"Dawn of the Dead"* (El amanecer de los Muertos) antes que *"Return of the Living Dead"* (El retorno de los muertos vivos) toda la vida.

Creo que las películas de zombis son provocadoras y de una ficción dramática a la par de cualquier basura de las galardonadas para los Oscars cada año. Las películas que te hacen cuestionar la naturaleza de tu mismísima sociedad son las que me gustan. Y en las BUENAS películas de zombis... tienes eso a granel.

Con *The Walking Dead* quiero explorar como la gente se enfrenta a situaciones extremas y cómo esos eventos los terminan cambiando. Estamos encarando un largo camino. Ustedes, lectores, verán a Rick evolucionar y madurar al punto tal que cuando vuelvan atrás, hacia este primer libro, ni siquiera podrán reconocerlo. Espero que estén ansiosos por llegar a una épica expansiva, porque esa es la idea con esta historia.

Todo en este libro es un intento de mostrar la progresión natural de eventos que creo que ocurrirían en una situación así. Este es un proyecto muy orientado hacia los personajes. Cómo estos personajes llegan ahí es mucho más importante que ellos llegando allí. Espero poder mostrar reflejos de tus amigos, tus vecinos, tu familia y de ustedes mismos y cuales serían sus reacciones a las situaciones extremas en este libro. Así que si algo te asusta... genial, pero esta no es una historia de terror. Y con esto no me refiero a que creo estar por encima del género. Nada que ver, sólo estamos marcando otra dirección en el camino.

Este libro es más acerca de ver a Rick sobrevivir que de ver zombis merodeando en las esquinas causando terror. Así que espero que sea eso lo que ustedes, lectores, están buscando.

Y dejando de lado todos los comentarios acerca de la historia, y si llegara a pasar que la detestas... ¡al menos tendrás que admitir que luce fantástica! He trabajado con Tony Moore por más tiempo del que recuerdo. He VISTO el trabajo de Tony, CONOZCO el trabajo de Tony mejor que nadie y tengo que decir esto, por si acaso no lo has notado: Tony verdaderamente se ha pasado. Realmente puedo aseverar que comparte el inmenso amor que tengo por esta temática. Este libro es una cosa hermosa. No puedo estar más complacido de cómo ha quedado. Espero que estés de acuerdo en esto conmigo.

A mi entender, la peor parte de toda película de zombis es el final. Siempre quiero saber que pasará a continuación. ¡Incluso si todos los personajes terminan muertos! Es que quiero que siga. Más seguido de lo que se cree, las películas de zombis se parecen a una parte de la vida de alguien, que se muestra hasta que quien sea que esté a cargo se aburre del filme. Es así que nos introducen al personaje, llega la aventura y luego: BOOM, justo cuando las cosas se ponían interesantes, esos nefastos créditos comienzan a rodar por la pantalla.

La idea con *The Walking Dead* es que nos quedemos con los personajes, en este caso, con Rick Grimes tanto tiempo como sea humanamente posible. Quiero que *The Walking Dead* sea una crónica de la vida de Rick. Nunca nos tendremos que preguntar "¿Que le pasará a continuación?", porque te lo mostraremos. *The Walking Dead* será la película de zombis que no se acaba nunca.

Bueno... no por un buen tiempo, al menos.

-Robert Kirkman.

Portada Original USA THE WALKING DEAD #1

ESTO NO PINTA BIEN.
BOOM!
SPAK!
NO CREO QUE SEA DE POR AQUÍ.
ES UNA SUPOSICIÓN BASTANTE LÓGICA.
¡CUANDO ABRIERON ESA PRISIÓN EN GRANT COUNTY NUNCA PENSÉ QUE RECIBIRÍAMOS TODA SU RESACA!
¡NO VOY A REGRESAR! ¡PREFIERO MORIR!
¡MALDICIÓN!
¡NUESTROS REFUERZOS DEBEN DE ESTAR COMO A 17 KM DE DISTANCIA! SOMOS TIRO FÁCIL DETRÁS DE ESTE AUTO...
CÚBREME... VOY A TRATAR DE LLEGAR HASTA ESA ZANJA PARA QUE PODAMOS RODEARLO.
BOOM!
PING!
BOOM!
¡RICK!

¡GASP!

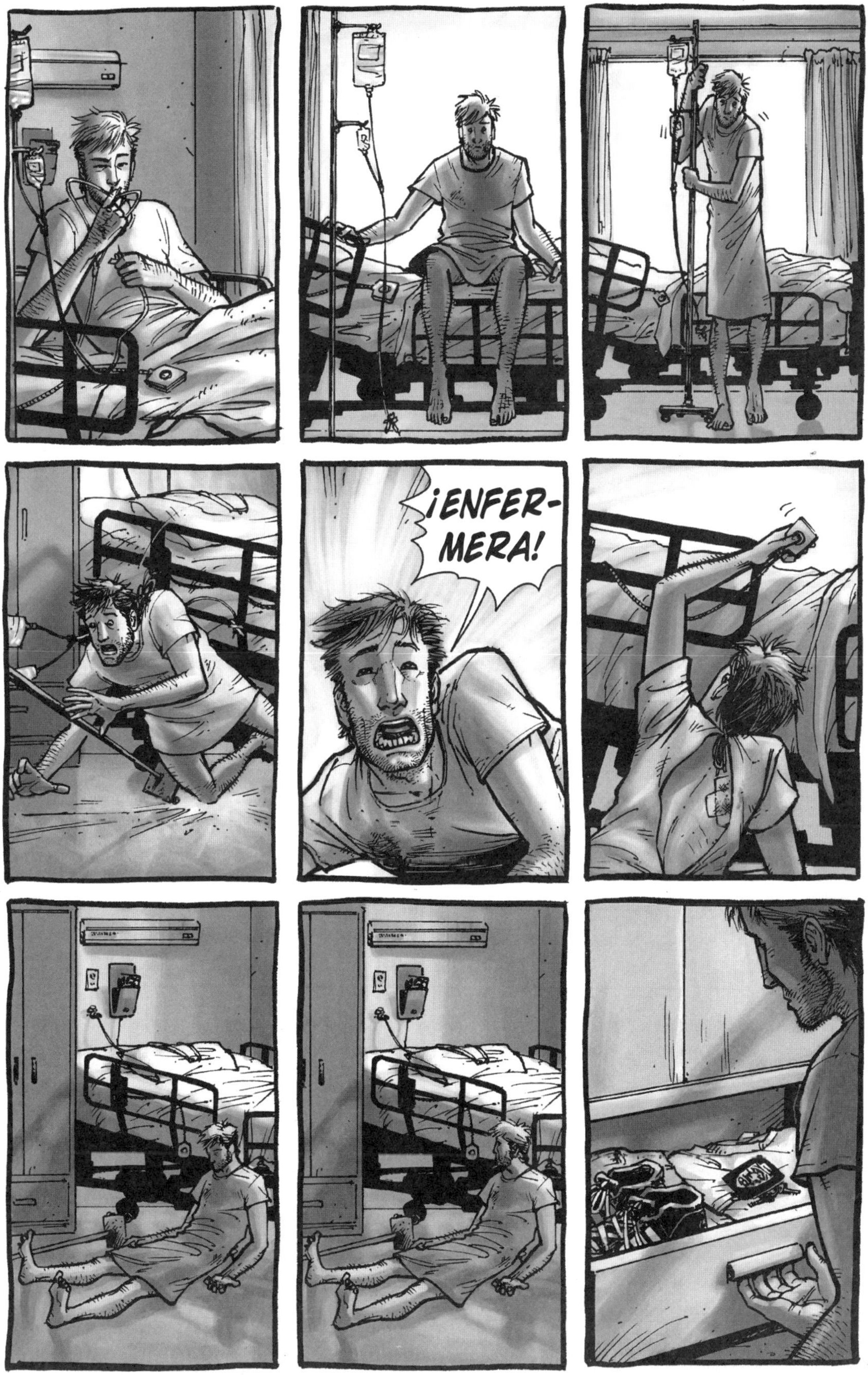
¡ENFER-
MERA!

¿HOLA?
¡¿HOLA?!
¡¿HAY ALGUIEN?!
¡¿QUÉ CARAJO?!
¡¿TODOS DECIDIERON TOMAR UN DESCANSO AL MISMO TIEMPO?!
DING!
FWUMP!
¡AHH!

¡AYUDA!
¡¡QUE ALGUIEN ME AYUDE!!
¿ALGUIEN?
¿PERO QUÉ DEMONIOS?
CAFETERIA
¿QUÉ SUCEDIÓ AQUÍ?

UUUGH.

UH.
UH.
UH.
¡UFF!
THAP!
¡DETÉN-GANSE!
EXIT
¡ALÉJENSE DE MÍ!
¡¿NO ENTIENDEN?!
FWUMP!
¡POR FAVOR!
WHUMP!
SNAP!

WHUMP!
¡UUF!
¿QUÉ MIERDA FUE ESO?
...
MAL-DICIÓN.

HMH
HARRISON
MEMORIAL
HOSPITAL
POR DIOS...
SPEED LIMIT
35
¡GASP!

GUK.
GLAKK.
GUK.
GUH.
GAR.

OH DIOS...
...

HIJOS DE PUTA.

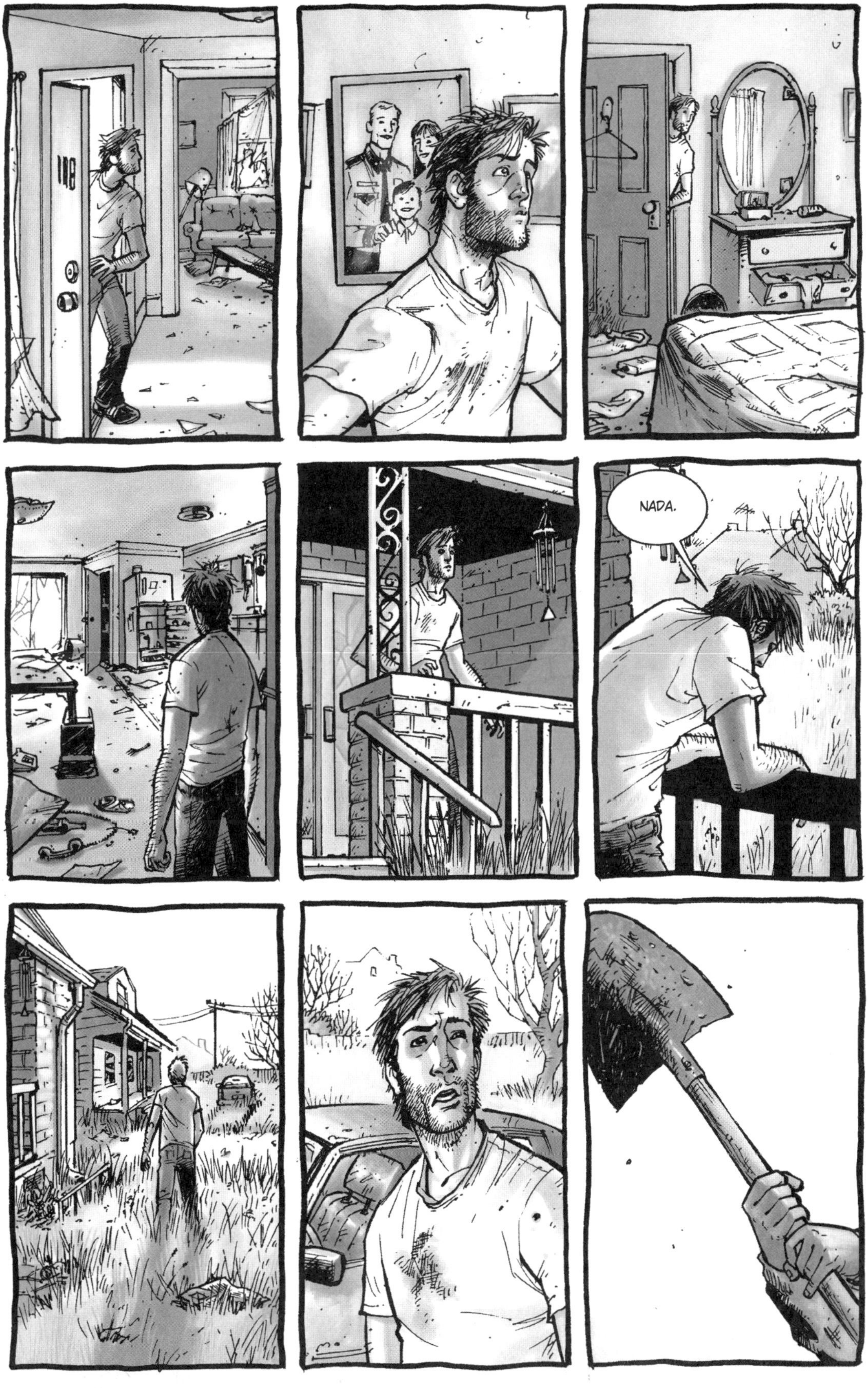
NADA.

¡CLONGG!
¡PÁ!
¡CIELOS! ¡MIERDA!
HIJO... ¿QUÉ HAS HECHO?
IBA A TRATAR DE COMERNOS, PÁ.
NO, HIJO... ESTE HOMBRE ESTÁ VIVO.
OH.
TÓMALO DE LOS PIES... AYÚDAME A ENTRARLO.

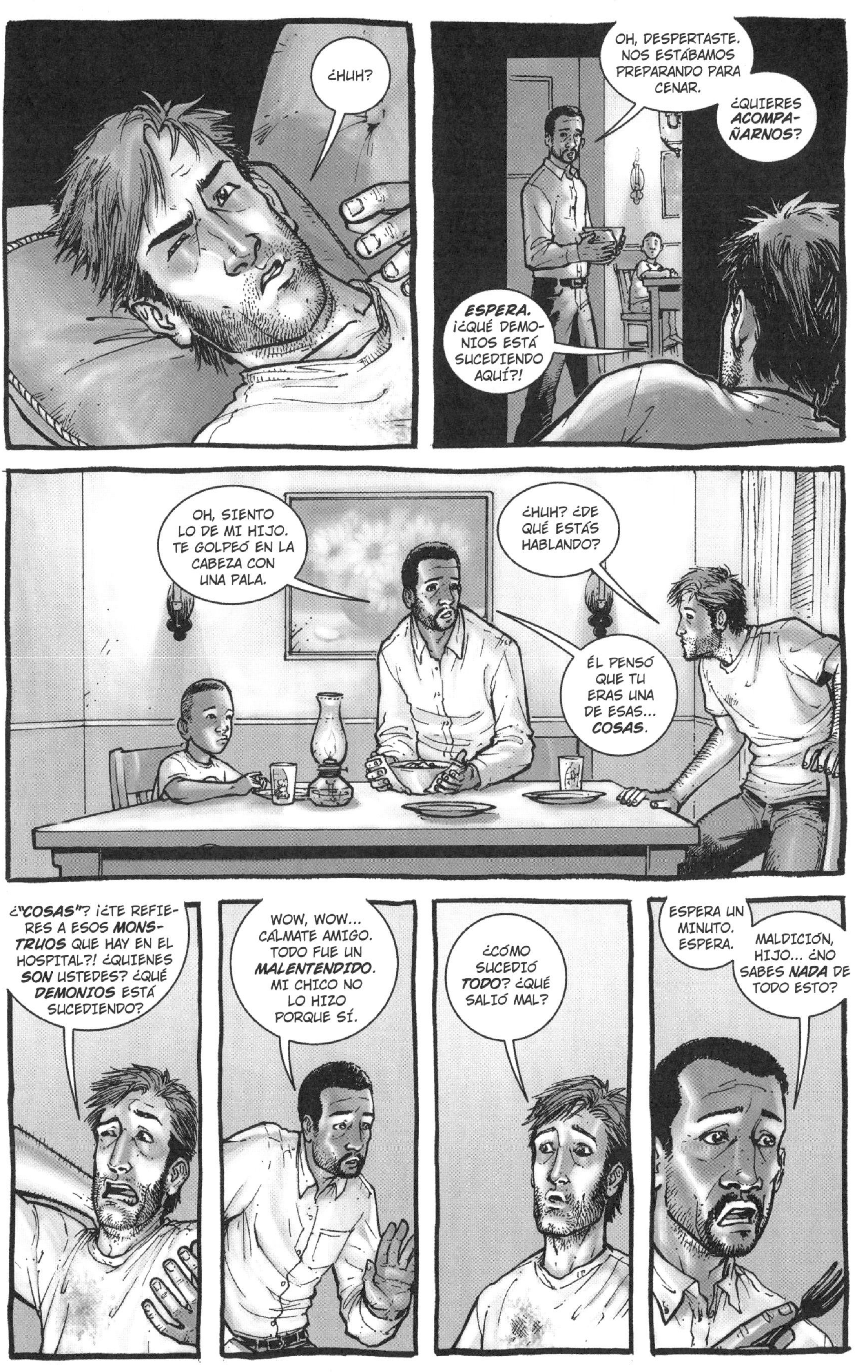

¿HUH?
OH, DESPERTASTE. NOS ESTÁBAMOS PREPARANDO PARA CENAR.
¿QUIERES ACOMPAÑARNOS?
ESPERA. ¡¿QUÉ DEMONIOS ESTÁ SUCEDIENDO AQUÍ?!
OH, SIENTO LO DE MI HIJO. TE GOLPEÓ EN LA CABEZA CON UNA PALA.
¿HUH? ¿DE QUÉ ESTÁS HABLANDO?
ÉL PENSÓ QUE TU ERAS UNA DE ESAS... COSAS.
¿"COSAS"? ¡¿TE REFIERES A ESOS MONSTRUOS QUE HAY EN EL HOSPITAL?! ¿QUIENES SON USTEDES? ¿QUÉ DEMONIOS ESTÁ SUCEDIENDO?
WOW, WOW... CÁLMATE AMIGO. TODO FUE UN MALENTENDIDO. MI CHICO NO LO HIZO PORQUE SÍ.
¿CÓMO SUCEDIÓ TODO? ¿QUÉ SALIÓ MAL?
ESPERA UN MINUTO. ESPERA.
MALDICIÓN, HIJO... ¿NO SABES NADA DE TODO ESTO?

ME DISPARARON... DESPERTÉ EN EL HOSPITAL Y FUI ATACADO. FUI A MI HOGAR... Y MI ESPOSA Y MI HIJO SE HABÍAN IDO... TODA LA MALDITA CIUDAD ESTABA DESIERTA. NO SABÍA QUÉ INFIERNOS ESTABA SUCE- DIENDO.
TODOS LOS MEDIOS DEJARON DE FUNCIONAR TRAS UNAS POCAS SE- MANAS. NO ESCUCHÉ MUCHO MÁS AL RESPECTO DESPUÉS DE ESO. SI HALLARON UNA FORMA DE DETENER- LO... NO LA USARON AQUÍ AÚN. ESAS COSAS ESTÁN POR TODOS LADOS.
¿DICES QUE NADIE SABE QUÉ LO CAUSÓ?
UN BUEN DISPARO EN LA CABEZA LOS MATA. POR ESO EL CHICO TE GOLPEÓ CON LA PALA. NINGUNA OTRA COSA PARECE AFECTARLOS. CADA VEZ QUE UNO LLEGA A NUESTRO JARDÍN NOS ENCARGAMOS DE ÉL. E INTENTAMOS NO HACER RUIDO... VENDRÍAN POR NOSOTROS SI SU- PIESEN QUE ESTAMOS AQUÍ.
ANTES DE QUE CESARAN LAS TRANSMISIONES NOS DIJERON QUE NOS REFUGIÁSEMOS EN LAS GRANDES CIUDADES. DIJERON QUE NOS PODRÍAN PROTEGER A TODOS ALLÍ. PERO ME PARECIÓ ME- JOR ARRIESGARME AQUÍ.
MIS SUEGROS VIVEN EN ATLANTA... ESTÁ A SÓLO SEIS HORA DE VIAJE DESDE AQUÍ. ALLÍ ES DONDE PRO- BABLEMENTE MI ESPOSA SE DIRIGIÓ.
GRACIAS A DIOS... SI ESTÁN PROTEGIEN- DO LAS CIUDADES... CIELOS, ESTABA TAN PREOCUPADO.
OH, SÍ... ESTOY SEGURO DE QUE ESTARÁN BIEN.
BIEN... NECESITO UN COCHE SI VOY A IR A ATLANTA...
¿QUIEREN IR DE COMPRAS?

ENTONCES, ¿ERES UN POLICÍA, EH?
SIP.
SUPUSE QUE ERAS UN CAZADOR LUEGO DE QUE DIJISTE QUE FUISTE BALEADO Y TODO. PERO SIENDO UN POLICÍA... ¿NO TE IMPORTA QUE MI HIJO Y YO HAYAMOS TOMADO RESIDENCIA EN TU VECINDARIO, NO?
NO VOY A ARRESTARTE SI A ESO TE REFIERES. LA MAYORÍA DE LAS CASAS DE MI VECINDARIO FUERON SAQUEADAS, PERO PARECE QUE TU LA ESTUVISTE REPARANDO. LOS THOMPSON PROBABLEMENTE TE LO AGRADECERÁN CUANDO REGRESEN.
SIEMPRE Y CUANDO NO TERMINES DESTRUYENDO EL LUGAR.
TAMPOCO ES QUE ESTUVIÉSEMOS ROBANDO LA ZONA... TU VECINDARIO SÓLO LUCÍA MÁS SEGURO. NO PENSAMOS QUE MOLESTARÍAMOS A ALGUIEN SI NOS QUEDÁBAMOS ALLÍ. Y SEGÚN MIS REGLAS ESO NO ESTÁ MAL.
NO TIENES QUE JUSTIFICARME NADA. ESTÁS PROTEGIENDO A TU HIJO. YO ESTOY ENLOQUECIDO DE PREOCUPACIÓN POR EL MÍO. LO ENTIENDO.
APRECIO ESO. ¿SABES?... CREO QUE AÚN NO SÉ TU NOMBRE.
RICK... OFICIAL RICK GRIMES A TU SERVICIO.
¿Y TÚ?
OH, MORGAN JONES... Y ESTE ES EL PEQUEÑO DUANE.
ERES UN BUEN HOMBRE, MORGAN. REALMENTE APRECIO QUE ME HAYAS TRAÍDO HASTA AQUÍ. ME HAS AYUDADO MUCHO.
VALIÓ LA PENA AL MENOS PARA TENER ALGO DE CHARLA. SI NO ES DE DIBUJOS ANIMADOS O DE PEDORREARSE... MI HIJO NO QUIERE TOCAR EL TEMA.

JE.
MALDICIÓN.
TRAS TODO LO QUE VÍ HOY... ME SIENTO CULPABLE POR REIRME.
HEY, HOMBRE... ESTÁ BIEN. HAS VISTO COSAS TERRIBLES AHÍ AFUERA... TODOS LAS VIMOS. PERO NO TIENES QUE DEJAR QUE TE DOMINE. TIENES QUE SEGUIR ADELANTE, NO PUEDES DETENERTE A PENSAR EN ELLO... O TE VOLVERÁS LOCO.
SÍ...
¿PARA QUÉ ES ESO?
WANTED
OH, ¿ESTO?
PENSÉ QUE PODRÍA LLEVAR ALGUNAS... SÓLO POR SI ACASO. Y HABLANDO DE ESO... SÍGUEME.
SÓLO TENGO QUE ENCONTRAR LA LLAVE CORRECTA...
AQUÍ ESTAMOS.

WOW.
TOMA ALGUNAS PARA TÍ. SI PEGARLES CON UNA PALA EN LA CABEZA LOS BAJA... ESTOY SEGURO DE QUE ESTO SERVIRÁ.
DEBERÍA AHORRARTE ALGO DE ESFUERZO.
LA MUNICIÓN ESTÁ EN EL GABINETE DEBAJO DEL ESTANTE DE LAS ARMAS. FÍJATE DE DEJARME ALGO. YA REGRESO.
¿PUEDO?
NO, MALDICIÓN. NO TOQUES NADA.
PERO YA SOY GRANDE.
SÍ, LO ERES... Y VOY A ENSEÑARTE CÓMO USAR UNA DE ESTAS MAÑANA... PERO HASTA ENTONCES ESTÁN FUERA DE TU ALCANCE.
¿HAY SUFICIENTES BALAS PARA TODOS ALLÍ?
HEY, ESE ASPECTO CIERTAMENTE TE CALZA BIEN.
TENÍA UN UNIFORME DE RE-PUESTO EN MI CASILLERO.
PENSÉ QUE SI VOY A UNA GRAN CIUDAD, Y TIENEN A MUCHA GENTE AMONTONADA ALLÍ... PODRÍA MANEJARME MEJOR COMO POLICÍA Y CONTRIBUIR HACIENDO MI PARTE.
AGARRA LO QUE ELEGISTE Y SÍGUEME AFUERA. TENGO OTRA SORPRESA PARA TÍ.

TOMA EL DE LA IZQUIERDA. NO CORRE TAN BIEN COMO EL MÍO PERO ANDARÁ MEJOR QUE ESE TRASTO QUE MANEJABAS.
SI VOY A HACER TODO EL TRAYECTO HASTA ATLANTA VOY A NECESITAR EL MÁS NUEVO.
ESPERA... ¿QUÉ?
POLICE
911
CYNTHIANA
ESTARÁS MÁS A SALVO EN UNA DE ESTAS COSAS SI NECESITAS IR A ALGÚN LADO.
PERO YO--
NO TE PREOCUPES, HOMBRE. SOLO ESTOY HACIENDO MI TRABAJO. NO PUEDO PENSAR UN MODO MEJOR DE "SERVIR Y PROTEGER" BAJO ESTAS CIRCUNSTANCIAS.
CUANDO LAS COSAS SE NORMALICEN... TENDRÁS QUE DEVOLVERLO... ASÍ QUE TRATA DE NO ABOLLARLO NI HACERLE MUCHOS KILÓMETROS.
GRACIAS, RICK. NO PUEDO DECIRTE CUANTO NOS AYUDARÁ TODO ESTO.
MIRA, TÚ YA HAS AYUDADO--
CLINK.
¡¿QUÉ FUE ESO?!

¡CUI-
DADO!
¡UHH!
¡UHH!
¡UHH!
¡RUH!
¡ROUAUGH!
NO.

DÉJALO. NO PUEDE ALCANZARNOS DESDE ALLÍ... Y QUIZÁS NECESITES ESA BALA DESPUÉS.
SÍ... TIENES RAZÓN.
MEJOR SAQUEMOS ESTOS COCHES DE AQUÍ ANTES DE QUE RODEE EL ALAMBRADO.
¿TE VEREMOS PRONTO?
POR SUPUESTO... SOMOS VECINOS. VIGILA MI CASA POR MÍ.
LO HARÉ.
10
POLI
13
POLICI
UHH.

POLICE
13
POLICE
SPEED LIMIT 35
CAK.

BLAM!
POLICE
POLICE

Georgia
SOUTHERN HOSPITALITY
¡MALDICIÓN! ¡NO DE NUEVO!
...

¡CON UN DEMONIO!

HUH...

Knock! Knock!
¡¿HAY ALGUIEN EN CASA?!
ESTOY ENTRANDO...
NO VINE A ROBAR NI A LASTIMARTE... SÓLO NECESITO GASOLINA ...
SNIFF SNIFF
¡GAH!

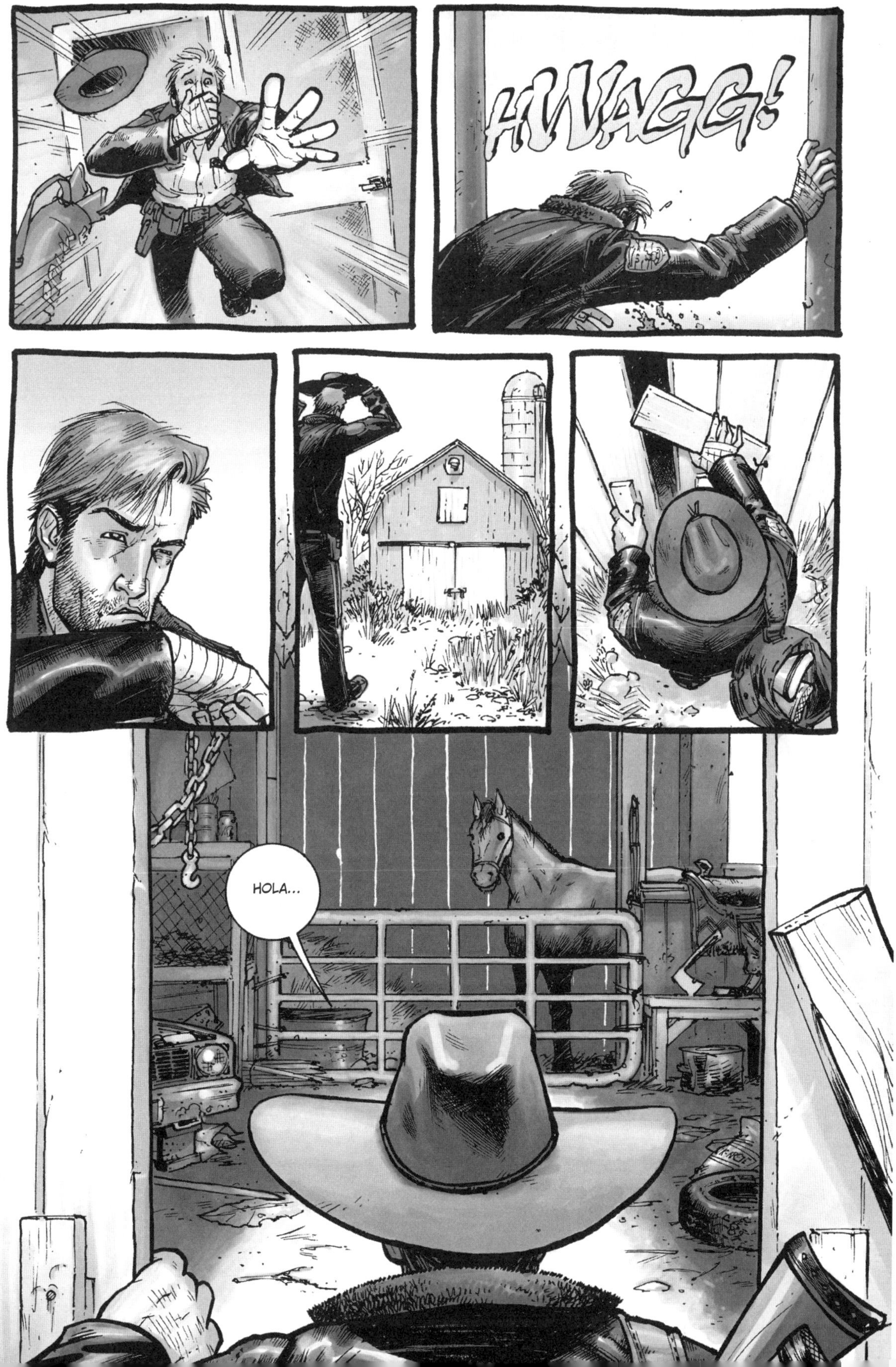
HWAGG!
HOLA...

HEY, CHICA. ¿TE DEJARON AQUÍ SOLA?
SEGURO ME VENDRÍA BIEN TU AYUDA... SI ESTÁS INTERESADA. DEBO LLEGAR A ATLANTA PARA VER A MI ESPOSA Y A MI HIJO.
¿ALGUNA VEZ HAS ESTADO EN ATLANTA? NO ES TAN LEJOS.
¿TE IMPORTA SI TOMO ESTO? PODRÍA SER ÚTIL.
¿LISTA, CHICA?
¡VÁMONOS!

¡DESPACIO, NENA! SÉ QUE HAS ESTADO EN ESE ESTABLO **BASTANTE TIEMPO**, PERO TE VAS A CANSAR.
¡¡WOW!!
ASÍ ESTÁ MEJOR... NO QUIERO QUE LA PALMES ANTES DE LLEGAR.
ENTONCES... ¿TIENES NOMBRE?

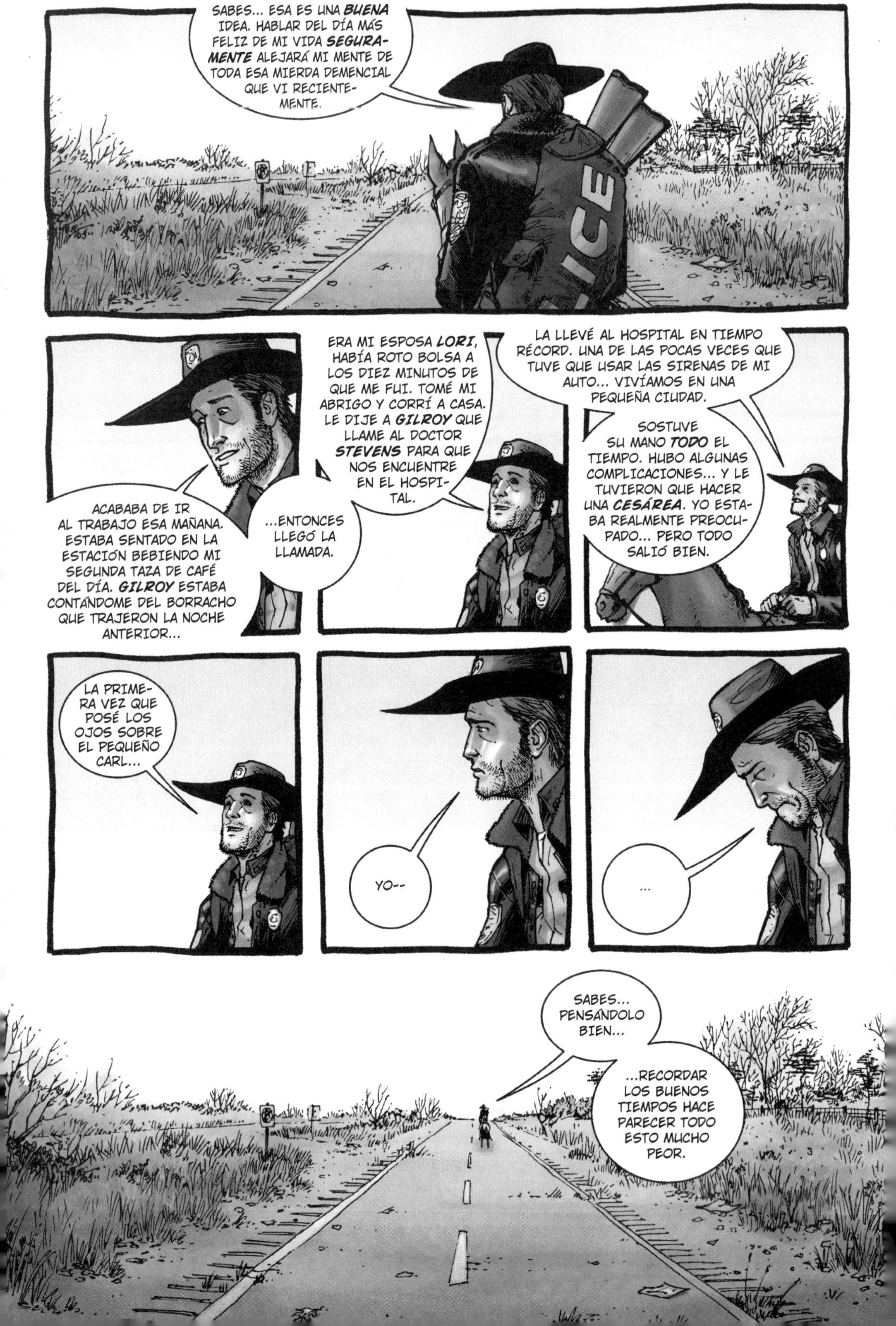
SABES... ESA ES UNA BUENA IDEA. HABLAR DEL DÍA MÁS FELIZ DE MI VIDA SEGURAMENTE ALEJARÁ MI MENTE DE TODA ESA MIERDA DEMENCIAL QUE VI RECIENTEMENTE.
ACABABA DE IR AL TRABAJO ESA MAÑANA. ESTABA SENTADO EN LA ESTACIÓN BEBIENDO MI SEGUNDA TAZA DE CAFÉ DEL DÍA. GILROY ESTABA CONTÁNDOME DEL BORRACHO QUE TRAJERON LA NOCHE ANTERIOR...
...ENTONCES LLEGÓ LA LLAMADA.
ERA MI ESPOSA LORI, HABÍA ROTO BOLSA A LOS DIEZ MINUTOS DE QUE ME FUI. TOMÉ MI ABRIGO Y CORRÍ A CASA. LE DIJE A GILROY QUE LLAME AL DOCTOR STEVENS PARA QUE NOS ENCUENTRE EN EL HOSPITAL.
LA LLEVÉ AL HOSPITAL EN TIEMPO RÉCORD. UNA DE LAS POCAS VECES QUE TUVE QUE USAR LAS SIRENAS DE MI AUTO... VIVÍAMOS EN UNA PEQUEÑA CIUDAD.
SOSTUVE SU MANO TODO EL TIEMPO. HUBO ALGUNAS COMPLICACIONES... Y LE TUVIERON QUE HACER UNA CESÁREA. YO ESTABA REALMENTE PREOCUPADO... PERO TODO SALIÓ BIEN.
LA PRIMERA VEZ QUE POSÉ LOS OJOS SOBRE EL PEQUEÑO CARL...
YO--
...
SABES... PENSÁNDOLO BIEN...
...RECORDAR LOS BUENOS TIEMPOS HACE PARECER TODO ESTO MUCHO PEOR.

AQUÍ ESTAMOS...
¿RUH?
CAFÉ MOCHA

MIERDA.

VAMOS, CHICA... ¡VAYÁMONOS YA DE AQUÍ!
MIERDA.
MIERDA.
MIERDA.
MIERDA.
¡AAAHH!
¡UFF!
THUMP!

GUH.
REEEEARHHH!
¿RUH?
OH, DIOS.
¡MIERDA!
THOK!
¡NNGH!
SHUKK!

HIJOS DE PUTA...
¡¡BASTAR-DOS!!
¡¿QUÉ CARAJO LES SUCEDE?!
BLAM!
BLAM!
BLAM!
BLAM!

THUNK!
PUEDO SACARTE DE AQUÍ.
SÍGUEME.
¡AAUGH!
¡Y DEJA DE USAR ESA PISTOLA!
¡HARÁS QUE *TODA* LA CIUDAD SE NOS VENGA ENCIMA!

NO TE PREOCUPES POR ESOS. YA NOS HABREMOS IDO PARA CUANDO LLEGUEN AQUÍ.
ESPERA-ME.
LO CONSEGUÍ AL PRIMER INTENTO...
VAMOS, HOMBRE. ¡ESTOY INTENTANDO SALVAR TU VIDA! ¿¡QUÉ ESTÁS ESPE-RANDO?!
LO SIENTO...
...ES QUE... NUNCA VI TANTOS JUNTOS.

ENTONCES ERES UN HOMBRE AFORTUNADO...
ESO DE AHÍ ABAJO NO ES NADA... SI TE HUBIESES ADENTRADO MÁS EN LA CIUDAD ANTES DE QUE TE ATACARAN... NO ESTARÍAS AQUÍ.
¿QUÉ?
VAMOS... ¡HAY QUE APURARNOS!
¡ESPERA!
NO.
NI EN SUEÑOS.
TIENES QUE HACERLO.
ESCUCHA... ES FÁCIL... YO LO HAGO TODO EL TIEMPO. CUANDO BAJEMOS DE ESTE EDIFICIO ESAS COSAS AÚN ESTARÁN ALLÍ, ESPERÁNDONOS EN EL FONDO DE AQUÉL OTRO. Y NO HAY FORMA DE SALIR DE ESE. TODOS ESTOS EDIFICIOS ESTÁN LLENOS DE ZOMBIES.
CRÉEME.
MALDITA SEA.

¡UUF!
FWUMP!
¡POR DIOS, MAN!
¡DEBERÍAS HABER LANZADO LAS BOLSAS PRIMERO!
Y AHORA ME LO DICES.
TENEMOS QUE APURARNOS ANTES DE QUE SE ESPARZAN DE NUEVO.
CUANDO DESCENDAMOS DE ESTE EDIFICIO, PREPÁRATE PARA CORRER. NO TE PREOCUPES, NO TENEMOS QUE IR MUY LEJOS.
AÚN NO ESTAMOS A SALVO... PERO ESTE EDIFICIO ESTÁ CERCA DE LOS BOSQUES AL BORDE DE LA CIUDAD. TENDREMOS QUE CORRER UNA CUADRA ANTES DE LLEGAR A ELLOS... Y ES PROBABLE QUE NOS CRUCEMOS CON ALGUNAS DE ESAS COSAS POR EL CAMINO. PERO MIENTRAS NOS MOVAMOS... NO DEBERÍAN SER CAPACES DE RODEARNOS.
ESAS COSAS SON LENTAS COMO UNA TORTUGA, POR LO TANTO DEBERÍAS SER CAPAZ DE MANIOBRAR ENTRE ELLAS. NO USES TU PISTOLA... Y NO DEJES QUE TE TOQUEN. UNA MORDIDA Y TODO SE ACABÓ PARA TI.
ENTIENDO.

POR AQUÍ.
A PARTIR DE ESTE PUNTO ES CUANDO NECESITAMOS SER MÁS CUIDADOSOS.
COMPRENDO.
NO ESTÁ LEJOS.
¡CUIDADO CON ESE!
¡NI SIQUIERA LO VÍ!
VAS A TENER QUE MANTENER TUS OJOS BIEN ABIERTOS, MAN. ¿DÓNDE HAS ESTADO TODO ESTE TIEMPO?
EN COMA.

¿DE VERDAD?
SÍ... DESPERTÉ EN UN HOSPITAL AYER.
YO--
¿PODEMOS DETENERNOS AQUÍ? ¿ES SEGURO?
POR UNOS MINUTOS.
LO QUE DIJISTE DE LA CIUDAD ANTES... CUÁN PELIGROSA ES. ¿DÓNDE ESTÁ TODA LA GENTE QUE HABÍA AQUÍ?
ERAN... ERAN ESOS QUE INTENTARON COMERNOS ALLÍ. NO PUEDES IR A LAS CIUDADES NUNCA MÁS... TODOS LOS QUE ESTABAN ALLÍ ESTÁN MUERTOS.
EL GOBIERNO APIÑÓ A TODOS EN LAS CIUDADES PARA QUE FUERA MÁS FÁCIL PROTEGERLOS. PERO LO ÚNICO QUE SE LOGRÓ FUE PONER TODA LA COMIDA JUNTA EN UN SOLO LUGAR. CADA VEZ QUE UNA DE ESAS COSAS MATA A UNO DE LOS NUESTROS NOS CONVERTIMOS EN UNO DE ELLOS. TOMÓ UNA SEMANA PARA QUE TODOS EN LAS CIUDADES MURIESEN.
LUEGO DE ESO... NO SABEMOS. NADIE PUEDE ENTRAR NI SALIR. ¿TENÍAS FAMILIA ALLÍ?

MI ESPOSA...
MI HIJO...
LO SIENTO, *MAN*... ODIO QUE TENGAS QUE ENTERARTE TODO DE ESTA MANERA.
NOSOTROS... SOMOS DE ***KENTUCKY***... PERO CUANDO ESCUCHÉ QUE LA GENTE ESTABA SIENDO AGRUPADA EN GRANDES CIUDADES PENSÉ QUE MI ESPOSA HABRÍA LLEVADO A MI HIJO CON SUS ABUELOS... AQUÍ EN ***ATLANTA***....
PUEDE QUE NO ***HAYAN*** VENIDO AQUÍ... PERO NO SE DÓNDE MÁS PODRÍAN ESTAR.
NO PIERDAS LA FE, *MAN*. HE VISTO ***TODO TIPO*** DE GENTE QUE SOBREVIVIÓ A COSAS ***ENLOQUECEDORAS***.
TENEMOS A UN TIPO EN EL CAMPAMENTO QUE ***VINO*** JUSTAMENTE DESDE ATLANTA.
¿DIJISTE... ***CAMPAMENTO***?
SÍ... AHÍ ES HACIA DONDE NOS DIRIGIMOS. HAY MAS GENTE ALLÍ.

CASI LLEGAMOS, VAMOS.
SOMOS CASI TODOS REZAGADOS, GENTE QUE QUISO LLEGAR A ATLANTA DEMASIADO TARDE... COMO TÚ. NO PUDIMOS ENTRAR, ASÍ QUE ACAMPAMOS AQUÍ.
ENTONCES SÓLO **ACAMPAN** AQUÍ. ¿NO ES PELIGROSO?
SÍ... TENEMOS ALGUNOS COCHES COMO ESCUDO... Y TODOS NOS TURNAMOS PARA VIGILAR EN LA NOCHE. CREEMOS QUE SI NOS QUEDAMOS CERCA DE LA CIUDAD SERÁ MÁS FÁCIL QUE NOS ENCUENTREN CUANDO EL GOBIERNO SOLUCIONE TODO ESTE DESASTRE.
HEMOS LLEGADO.
POLICE
MIERDA. QUE ME PARTA UN RAYO.

¡RICK!
¡PAPÁ!
OH, GRACIAS A DIOS.

Portada Original USA THE WALKING DEAD #2

Portada Original USA THE WALKING DEAD #4

E-ESTABA TAN PREOCUPADO POR TI.
QUÉ BUENO VERTE, HOMBRE.
¡OH, DIOS **MÍO, SHANE**!
SHANE NOS AYUDÓ A LLEGAR HASTA AQUÍ... NO LO HABRÍAMOS LOGRADO SIN ÉL.
CREO QUE TE DEBO **MÁS** DE LO QUE **JAMÁS** PODRÉ PAGAR.
RICK, POR FAVOR. NO FUE NADA.
TENÍA QUE RESARCIRME POR DEJAR QUE TE **DISPARASEN** ASÍ...
AMIGO, ESO NO FUE TU CULPA. ADEMÁS, YA ESTOY **BIEN**.
DE ACUERDO. DÉJAME MOSTRARTE EL LUGAR.

¿QUÉ CONSEGUISTE ESTA VEZ, GLENN?
CONSEGUÍ ALGUNOS DULCES PARA LOS NIÑOS, ALGO DE JABÓN, DETERGENTE... UN PAR DE ROLLOS DE PAPEL HIGIÉNICO.
¡GENIAL!
YA CONOCES A GLENN, ESTE ES ALLEN CARGOSÉANDOLO POR VÍVERES. SU ESPOSA DONNA ESTÁ POR ALGÚN LADO. TIENE GEMELOS, BILLY Y BEN... DOS DEMONIOS.
AQUEL DE ARRIBA ES DALE, VIGILANDO. ESE ES SU REMOLQUE. JIM ESTÁ AHÍ COMIENDO.
AQUELLAS SENTADAS EN SU AUTO SON CAROL Y SU HIJA SOFÍA.

ELLAS SON **AMY** Y **ANDREA**... SON HERMANAS.
¿HAN VISTO A **DONNA** Y LOS GEMELOS?
ESTAMOS AQUÍ, PERO QUÉ-- ¿UNO NUEVO?
POLICE
ES EL **ESPOSO** DE LORI.
MI DIOS... ES LA **MEJOR** NOTICIA QUE ESCUCHÉ ESTE **MES**. SHANE, **QUERIDO**... VEN CONMIGO... ESTOS DOS TIENEN MUCHO DE QUÉ HABLAR.
SÍ.

ME ALEGRO TANTO DE QUE LO HAYAS GUARDADO. ME SENTÍA DESNUDO SIN ÉL.
¿SE DURMIÓ?
SÍ... AL FIN.
NO PUEDE DORMIR SIN SABER QUE ESTOY A SU LADO. NUNCA ME ALEJO MUCHO DE ÉL... USUALMENTE SÓLO ME ACUESTO AHÍ Y LO MIRO... ÉL--
HAN PASADO POR MUCHO.
SÍ... LAMENTO QUE TE HAYAMOS DEJADO, RICK.
LORI, POR FAVOR. ENTIENDO LAS CIRCUNSTANCIAS. PENSASTE QUE ATLANTA SERÍA MÁS SEGURO PARA CARL. YO HUBIERA HECHO LO MISMO.
DIJERON QUE QUEDARÍA GENTE EN EL HOSPITAL CUANDO NOS EVACUARON. PERO POR LO QUE ME CUENTAS... DEBIERON ABANDONARLO A LA SEMANA DE QUE NOS FUIMOS.
HICISTE LO MEJOR PARA CARL. ME ALEGRO DE QUE SHANE ESTUVIESE CERCA PARA AYUDARTE A LLEGAR AQUÍ.
CREO QUE NO HUBIERA PODIDO ENCONTRAR EL CAMINO HACIA AQUÍ SIN ÉL. NI HABLAR DE HABER SOBREVIVIDO.
¡TU MANO!
ES SÓLO DE LA INTRAVENOSA. NADA SERIO.
OH.

¿ALCANZA CON ÉL AHÍ ARRIBA?
HASTA AHORA FUE TODO LO QUE NECESITAMOS. AFORTUNADAMENTE ESAS COSAS NO HAN ATACADO DE A MUCHOS. LO MÁXIMO UNA VEZ FUERON TRES.
EL TEMA ES QUE... YA NINGUNO DE NOSOTROS DUERME REALMENTE. NI BIEN ESCUCHAMOS UN DISPARO ESTAMOS LISTOS PARA DEFENDER EL LUGAR.
SÓLO TENEMOS DOS ARMAS. LA PISTOLA DE SHANE Y EL RIFLE DE DALE... PERO TENEMOS PALAS EN EL CAMPAMENTO PARA GOLPEARLOS... FUNCIONÓ HASTA AHORA.
NO VIENEN MUY SEGUIDO...
RICK... ESTÁS TEMBLANDO.
ESTOS ÚLTIMOS DOS DÍAS... ESTUVE TAN PREOCUPADO POR ENCONTRARTE A TI Y A CARL... Y EN LLEGAR AQUÍ EN UNA PIEZA...
...QUE NO TUVE NI TIEMPO DE HORRORIZARME.

BUENOS DÍAS, COMPAÑERO.
EY, AMIGO... PENSÉ QUE AÚN ESTARÍAS DURMIENDO. VIGILASTE CASI TODA LA NOCHE, ¿NO?
GLENN ME RELEVÓ A MITAD DE LA NOCHE... PERO IGUAL NO DORMÍ CASI NADA.
¿QUIERES TOMAR UNA DUCHA? LA DEL REMOLQUE DE DALE AÚN FUNCIONA. ES AGUA DE ESTANQUE PERO ES MEJOR QUE NADA.
AMIGO, MUERO POR UNA DUCHA... YA ME HABÍA DESPEDIDO DE ESE LUJO.
NO TE TARDES MUCHO... TÚ Y YO IREMOS DE CACERÍA HOY.

OH, ¡EY!
NO TE HABÍA VISTO, HOMBRE... CASI ME MATAS DEL SUSTO.
ASÍ QUE, ¿ERES EL MARIDO DE LORI, EH?
SÍ.
NO QUIERO REVOLVER NADA... Y TÚ TIENES QUE ENTENDER QUE NO TIENE NADA QUE VER CON TU ESPOSA. ELLA NO HIZO OTRA COSA QUE HABLAR DE TI DESDE QUE LLEGÓ... SE PREOCUPÓ POR TI. Y SE SINTIÓ MAL POR DEJARTE.
PERO ESE SHANE... ES UN BUEN HOMBRE... ÉL SE ENCARGÓ DE TU ESPOSA... PERO NO SE ALEGRA DE QUE HAYAS VUELTO. HA TENIDO INTERÉS EN LORI DESDE QUE LO CONOZCO.
APRECIO EL CONSEJO, PERO SHANE ES MI AMIGO. SÓLO LA ESTABA CUIDANDO. NO TENGO NADA DE QUE PREOCUPARME.
NO CONFIARÍA EN ÉL CERCA DE MI ESPOSA.
LO TENDRÉ EN MENTE.

VIEJO LOCO...
¿ESTÁS LISTO? DEBERÍAMOS IR YENDO SI QUEREMOS ENCONTRAR ALGO.
LISTO CUANDO TÚ LO ESTÉS.
YO ME ENCARGO DE ESTO, QUERI-DO.
ESTRÚJALOS BIEN... ESTAN MUY ROÑOSOS.
UH-HUH... ¿NO TIENEN ANIMALES QUE BUSCAR Y CAZAR?
ESE ES EL PLAN... TE AMO.
YO TAMBIÉN TE AMO.
TEN CUIDADO.

¡CARL!
¿A DÓNDE VAS?
AL COCHE DE SOFÍA... ¡VAMOS A JUGAR EN EL BARRO!
DE ACUERDO, YO VOY A LAVAR TU ROPA CON CAROL Y DONNA... TÚ Y SOFÍA HÁGANLE CASO A ALLEN. SI LES DICE QUE SE METAN EN EL FURGÓN, LO HACEN.
OKEY, MAMÁ.
NO TE PREOCUPES, AMY Y ANDREA VIGILARÁN A LOS CHICOS.
CUALQUIER COSA PARA NO LAVAR.
¡TIENES TODA LA MALDITA RAZÓN!
NO MALDIGAN ENFRENTE DE LOS CHICOS.
MUÉR-DEME EL TRASE-RO...
VAYAN CON CUI-DADO.
SIEMPRE.

¡NO PUEDO ESPERAR A SENTIR CÓMO HUELE LA ROPA CON EL NUEVO DETERGENTE QUE GLENN TRAJO DE LA CIUDAD!
ESA COSA QUE DALE TIENE EN SU FURGÓN NO FUNCIONA. HACE A LA ROPA OLER MEJOR... PERO NO MUCHO.
¡JESUCRISTO! ¡¿SE ESCUCHAN A USTEDES MISMAS?! ¡¿ESTÁN ENTUSIASMADAS POR UN NUEVO DETERGENTE?!
ES UNA ESTUPIDEZ GIGANTES-CA.
MALDICIÓN, DONNA. TAMPOCO ESTAMOS FES-TEJANDO. SÓLO ESTAMOS BUSCANDO LA POSIBILIDAD DE QUE LAS ROPAS HUELAN BIEN.
SERÍA UN CAMBIO AGRADABLE PARA ESTAS INSTAN-CIAS.
NO ENTIENDO POR QUÉ NOSO-TRAS TENEMOS QUE LAVAR MIEN-TRAS ELLOS SE VAN DE CACERÍA. CUANDO LAS COSAS VUELVAN A LA NORMALIDAD ME PREGUNTO SI TODAVIA TENDREMOS DERECHO A VOTO.
¿HABLAS EN SERIO?
NO SE TÚ, PERO YO NO PUEDO DISPARAR UN ARMA... NUNCA LO INTENTÉ. Y PARA SER HONESTA... NO PODRÍA CONFIAR A NINGUNO DE LOS MUCHACHOS QUE LAVEN MI ROPA. RICK NO LO LOGRÓ NI CON UNA LAVADORA... AQUÍ ESTARÍA PERDIDO.
ESTO NO SE TRATA DE DERECHOS FE-MENINOS...
SE TRATA DE SER REALISTA Y DE HACER LO NECESARIO.
COMO SEA.

¿CREES QUE MI PAPÁ TAMBIÉN REGRESARÁ?
¿TU PAPÁ NO ESTÁ MUERTO?
SÍ, PERO TAMBIÉN LO ESTABA EL TUYO Y VOLVIÓ.
MI PAPÁ ESTABA ENFERMO. TUVIMOS QUE DEJARLO EN EL HOSPITAL PARA QUE SE PUDIESE CURAR.
NO ESTABA MUERTO.
OH.
...
YO EXTRAÑO A MI PAPI.

CREÍ QUE SÓLO LLEVARÍA A LORI Y CARL HASTA LO DE SUS PADRES Y REGRESARÍA. PENSÉ QUE TODO SE TERMINARÍA EN UNA SEMANA. NO QUERÍA TENER QUE EXPLICARLE AL CAPITÁN LAS ARMAS DESAPARECIDAS.
BIEN... SI HUBIERAS VISTO EL LUGAR COMO YO... NO TE PREOCUPARÍAS TANTO POR LAS REGLAS. CREO QUE LAS COSAS NUNCA VOLVERÁN A SER NORMALES.
NO DIGAS ESO, HOMBRE. ESTO NO DURARÁ.
NO LO SÉ, AMIGO. PINTA MAL.
BIEN... ME ALEGRO QUE HAYAS TRAÍDO ESTAS ARMAS.
NOSOTROS SÓLO TENÍAMOS EL RIFLE DE DALE Y Y MI ARMA. ALGUIEN DEBE VIGILAR CON EL RIFLE TODO EL TIEMPO... Y ES ASQUEROSAMENTE DIFÍCIL CAZAR CON UN REVÓLVER.
Y TODO LO QUE TENEMOS PARA COMER SON CONSERVAS QUE GLENN TRAJO DE LA CIUDAD.
CIELOS... ¿QUÉ LE PASA A ESE SUJETO? ¿ARRIESGAR LA VIDA CADA DÍA POR PAPEL HIGIÉNICO Y GOLOSINAS? QUIERO DECIR... ES UNA GRAN AYUDA, Y ME HA SALVADO LA VIDA, PERO MALDICIÓN...
NO TENGO IDEA... PARECE SABER CÓMO ENTRAR Y SALIR ANTES DE QUE LO AGARREN. ESO ES--
RUSTLE RUSTLE

-CHOMP-
GUH.
-SLURP-
NI SIQUERA SABE QUE ESTAMOS AQUÍ.
¿CREES QUE DEBERÍAMOS SACARLE EL CIERVO?
¿PIENSAS QUE SERÍA SEGURO COMER ESO?

NO TIENES QUE ESTAR ATENTA CONSTANTEMENTE. NO SON TAN RÁPIDOS. UNA MIRADA EN TODAS DIRECCIONES ES SUFICIENTE.
SÓLO ESTOY SIENDO PRECAVIDA.
ENTONCES, ENTRETENNOS, LORI... ¿CÓMO CONOCISTE A RICK?
CREO QUE ESTE TRABAJO ES LO SUFICIENTEMENTE MUNDANO SIN MÍ ADORMECIÉNDOLAS.
VAMOS, ME VENDRÍA BIEN UNA BUENA SIESTA.
DE ACUERDO... PERO SE LOS ADVERTÍ. EL HERMANO DE RICK, JEFF, ES DE MI EDAD. YO SOY DOS AÑOS MÁS JOVEN QUE RICK. Y CONOCÍ A SU HERMANO MAYOR EN LA SECUNDARIA.
¿TODO COMENZÓ CON SU HERMANO? SOY TODO OÍDOS.
PARA NADA... SÓLO ÉRAMOS AMIGOS.
JEFF ME INVITÓ A UNA FIESTA DE FIN DE AÑO. APARENTEMENTE RICK IBA COMO ENCARGADO DE SU HERMANITO, PORQUE SUS PADRES HABÍAN SALIDO. ASÍ CONOCÍ A RICK. IBA AL COLEGIO PARA ESTUDIAR ADMINISTRACIÓN POLICÍACA... TODO EN ÉL ERA INTERESANTE.

YA SABES LO QUE ES ESTAR A ESA ALTURA DEL AÑO SOLA... SE ME TRABABAN LAS PALABRAS. TODO EN ÉL ERA PERFECTO, Y A MEDIANOCHE... TENÍA A ALGUIEN A QUIÉN BESAR.
LE DIMOS SIN ASCO.
NOS MANTUVIMOS EN CONTACTO MIENTRAS ÉL TERMINABA EL COLEGIO Y YO TRATABA DE DURAR MÁS DE UN AÑO EN EL MÍO...
...COSA QUE NO LOGRÉ.
CON EL COLEGIO SIN INTERPONERSE, VOLVÍ A MI CASA Y AHÍ ES CUANDO NOS PUSIMOS REALMENTE SERIOS.
EL RESTO ES BASTANTE AUTO EXPLICATIVO.
¿VEN? BASTANTE ABURRIDO.
TENGO QUE DECIRLO, SE VEN MUY BIEN JUNTOS.
RICK Y YO SOMOS LAS PERSONAS MÁS COMPATIBLES SOBRE LA TIERRA. SOMOS PERFECTOS EL UNO PARA EL OTRO.
VAMOS... REGRESEMOS AL CAMPAMENTO.

UH.
¡CUIDADO!
¡AHH!
UGH.
...
¡AHH!
¡MUÉVETE, DONNA!
¡MUÉVETE, MALDICIÓN!

WHACK!
-HUFF-
-HUFF-
-HUFF-
NO PUDE... NO PUDE... YO...
M-ME SALVASTE LA VIDA.
NO--
-HUFF-
--NO FUE NADA.
¡MÁ!

ESTABA CORTANDO LEÑA CUANDO ESCUCHÉ LOS GRITOS Y YO--
GUK.
GAK.
¡AÚN ESTÁ VIVO!

NO QUIERO NI PENSAR EN LAS ENFERMEDADES QUE ESTAS COSAS DEBEN ESTAR LLEVANDO. YO NO PIENSO COMER NADA DE ESE CIERVO... Y MENOS MI FAMILIA.
SÍ... CREO QUE TIENES RAZÓN.
¿VISTE A ALGUNO TAN DE CERCA COMO A ESTE?
UN PAR DE VECES... PERO NO POR TANTO TIEMPO SIN QUE ME ATACASE.
GRR.
¡ESO NO VA A SER BUENO!
¡RRGH!
BLAM!
NO IBA A ESPERAR A QUE SE NOS VENGA ENCIMA.
¡EL CAMPAMENTO!

¡LORI!
¿CARL Y TÚ ESTÁN BIEN? ¡¿QUÉ SUCEDIÓ?!
SALIÓ DEL BOSQUE, E INTENTÓ MATARNOS... CASI AGARRA A DONNA. PERO DALE LO DECAPITÓ... PERO SEGUÍA VIVO.. Y TUVIERON QUE DISPARARLE.
OH, DIOS, RICK... FUE ESPANTOSO.
LLEVEMOS ESTA COSA AL BOSQUE Y FUERA DE NUESTRA VISTA.

TODO ESTÁ BIEN AHORA, QUERIDA.
POLICE

-PSST-

¡DIOS, HOMBRE! ¡NO TE APAREZCAS ASÍ!
LO SIENTO... SÓLO INTENTABA LLEGAR HASTA AQUÍ SIN DESPERTAR A NADIE.
BIEN, LA PRÓXIMA VEZ ARRÓJAME UNA PIERDA. O ALGO... CASI QUEDO SECO.
ESPECIAL-MENTE LUEGO DE LO QUE PASÓ HOY.
SÍ... Y DE ESO EXACTAMENTE VINE A HABLARTE.
¿OH?
NECESITAMOS MOVER EL CAMPAMENTO. NO TIENE SEN-TIDO ESTAR TAN CERCA DE UNA CIUDAD LLENA DE ESAS COSAS.
ES TREMENDA-MENTE PELI-GROSO.
¡¿ESTÁS LOCO?!
¿QUÉ PASARÁ CUANDO EL GOBIERNO COMIENCE A ARREGLAR ESTE DESASTRE? EMPEZARÁN CON LA CIUDADES... ¡NOS HALLARÁN MÁS RÁPIDO SI NOS QUEDAMOS AQUÍ!
¿CUANDO LLEGARÁN, SHANE? ¿MAÑANA? ¿LA SEMANA PRÓXIMA? SE ESTÁ PONIENDO JODIDAMENTE FRÍO POR AQUÍ Y VA A PONERSE PEOR.
POR NO MENCIONAR LO QUE PASÓ AYER. ES DEMASIADO RIESGOSO ESTAR TAN CERCA DE ELLOS.

LO ARRIESGADO ES IRNOS A OTRA PARTE. EL FUEGO NOS MANTENDRÁ CALIENTES. Y HAY BASTANTE LEÑA EN EL ÁREA. ESTAREMOS BIEN.
ESTE ES EL MEJOR LUGAR PARA SER RESCATADOS.
POLICE
¿QUÉ TE HACE ESTAR TAN SEGURO DE QUE SEREMOS RESCATADOS? DONNA CASI MUERE AYER. ¿Y SI HUBIERA SIDO UNO DE LOS NIÑOS? ¿Y SI HUBIESE SIDO CARL?
NADIE ESTABA PREPARADO PARA ESTO, SHANE. ¿CREES QUE ESAS CHICAS SABEN CÓMO PELEAR?
SI FUÉSEMOS A ALGÚN LUGAR MENOS PELIGROSO QUIZÁ NO NECESITARÍAMOS SER RESCATADOS. PREFIERO UNA BUENA NOCHE DE SUEÑO ALGUNAS VECES A SENTARME TODA LA NOCHE ESPERANDO QUE EL GOBIERNO AÚN ESTÉ INTACTO Y VAYA A ENCONTRARNOS.
¡NO, MALDICIÓN! ¡NOS QUEDAREMOS EXACTAMENTE AQUÍ! ¡ESTAMOS A SALVO AQUÍ! LO DE AYER SÓLO FUE UN INCIDENTE AISLADO. ESTE ES EL LUGAR MÁS SEGURO.
POLICE
RICK... PODEMOS PROTEGER A ESTA GENTE. SEREMOS RESCATADOS AQUÍ. SI NOS ADENTRAMOS AL INTERIOR DEL PAÍS TARDARÁN MESES EN ENCONTRARNOS.
DEBEMOS QUEDARNOS AQUÍ.
DE ACUERDO... SI LO VES ASÍ SEGURO QUE ESTO ES LO MEJOR PARA NOSOTROS... ESTÁ BIEN. NOS QUEDAREMOS. PERO SI QUEREMOS RESISTIR TENDREMOS QUE BUSCAR MÁS ARMAS. SI DONNA HUBIESE LLEVADO UNA AYER PODRÍA HABERSE DADO VUELTA Y DISPARLE A ESA COSA.
TODOS AQUÍ DEBERÍAN PORTAR ARMAS, SIEMPRE.
¿DE DÓNDE VAMOS A SACAR TANTAS ARMAS PARA ELLO?
YA SE ME OCURRIRÁ.
¡¿PUEDEN BAJAR EL VOLÚMEN?!
ALGUNOS ESTAMOS INTENTANDO DORMIR.
POLIC

¡HEY, GLENN! ¡ESPE-RA!
¿QUÉ PUEDO HACER POR TÍ, RICK?
CUANDO VAS POR LA CIUDAD... ¿HAS VISTO ALGUNA TIENDA DE ARMAS O ALGO PARE-CIDO?
NO. PERO NUNCA ME METO TAN ADENTRO EN LA CIUDAD... ¿POR QUÉ PREGUNTAS?
BIEN, ESTUVE PENSANDO... SI TODOS FUERON LLEVADOS A LAS CIUDADES POR PROTECCIÓN NO CREO QUE HAYA HABIDO MUCHO SAQUEO SI TODO FUE ORGANIZADO POR EL GOBIERNO.
Y CUANDO TODO SE FUE A LA MIERDA... NO HUBO MANERA DE QUE ALGUIEN TUVIESE EL TIEMPO PARA INGRESAR A LAS TIENDAS DE ARMAS. ESOS LUGARES POR LO GE-NERAL ESTÁN BIEN CERRADOS Y ENREJADOS. NADIE PUDO HABER ENTRADO SIN SER ATACADO O COMIDO.
SÍ, TIENE BASTANTE SENTIDO... Y A PESAR DE QUE NO SÉ DÓNDE EXACTA-MENTE PUEDE HABER UNA DE ESAS TIENDAS CREO QUE ALGUIEN DE POR AQUÍ PO-DRÍA SABER.
JIM, TIENES QUE AYUDARNOS, MAN. ¿RECUERDAS ALGUNA ARMERÍA CERCA DEL BORDE DE LA CIUDAD AQUÍ EN ATLANTA?
¿ARMERÍA?
EN LA ESQUINA DE PLEASANT Y LA 38.
GRACIAS, JIM.
VAMOS... TENGO UN MAPA EN MI AUTO.

TIENE QUE ESTAR AQUÍ POR ALGÚN LADO.
YA SÉ QUE NECESITAMOS ARMAS ¿PERO POR QUÉ TÚ TIENES QUE IR? ES TU TERCER DÍA AQUÍ... ¡NO QUIERO TENER QUE PREOCUPARME POR TI DE NUEVO!
POR FAVOR, PAPI, NO VAYAS.
NO TIENES QUE PREOCUPARTE, HIJO. SERÉ MUY CUIDADOSO. ES ALGO QUE HAY QUE HACER ASÍ TODOS ESTAREMOS MÁS SEGUROS. CUANDO REGRESE... TE ENSEÑARÉ CÓMO DISPARAR UN ARMA. QUIERES SABER CÓMO DISPARAR UNA ¿NO?
ESO CREO.
¡DE NINGÚN MODO! ¡ES MUY CHICO PARA DISPARAR!
DISCUTIREMOS ESO CUANDO REGRESE. NO SE PREOCUPEN-- VOLVERÉ ANTES DE QUE SE DEN CUENTA QUE ME FUI. GLENN ME MANTENDRÁ A SALVO. ¿CUÁNTAS VECES ÉL FUE A LA CIUDAD Y VOLVIÓ SANO Y SALVO?
¡ES QUE NO ENTIENDO POR QUÉ NO PUEDE IR SOLO! ¿POR QUÉ TIENES QUE IR CON ÉL?
¿CUÁNTAS ARMAS PIENSAS QUE GLENN PUEDE CARGAR? VAMOS, QUERIDA... SÉ RAZONABLE.
LO ENCONTRÉ.
TEN CUIDADO.
NO TE PREOCUPES, QUERIDA. ESTARÉ BIEN. TE AMO.
YO TAMBIÉN TE AMO.

¿QUÉ SUCEDE CON JIM? ¿ESTÁ... BIEN?
BUENO... ¿RECUERDAS CUANDO TE DIJE QUE EN EL CAMPAMENTO TENÍAMOS A UN TIPO QUE LOGRÓ SALIR DE ATLANTA VIVO?
SÍ...
BIEN, JIM ES ESE TIPO.
CUANDO ME DIJISTE QUE CREÍAS QUE LORI Y CARL ESTABAN ALLÍ... BUENO, SÓLO TRATÉ DE DARTE ALGO DE ESPERANZA.
LA COSA ES ASÍ... JIM SALIÓ DE LA CIUDAD. PERO ANTES VIO A SU FAMILIA ENTERA SER DESPEDAZADA.
OH.
SÓLO LO CONTÓ UNA VEZ. ESTABAN TRATANDO DE ESCUDARSE DE UN EJÉRCITO DE ZOMBIS QUE LOS HABÍAN RODEADO. SU ESPOSA, SU HERMANA, SU CUÑADO... ENTRE TODOS TENÍAN CINCO HIJOS. NO PUEDO RECORDAR BIEN PERO CREO QUE SU PROPIA MADRE TAMBIÉN ESTABA.
LOGRÓ ESCAPAR PORQUE ESOS MONSTRUOS ESTABAN OCUPADOS COMIÉNDOSE A LOS DEMÁS. DIJO QUE TODO PASÓ TAN RÁPIDO QUE NO SE DIO CUENTA DE LO QUE HABÍA SUCEDIDO HASTA QUE ESTUVO A SALVO.
¡MALDICIÓN!
¿QUÉ?
LA ARMERÍA DE JIM ESTÁ A CINCO CUADRAS DE DONDE TE ENCONTRÉ. NUNCA VOLVÍ A IR TAN LEJOS. NO HAY FORMA DE QUE LO LOGREMOS.
SÍGUEME. TENGO UNA IDEA.

VAMOS, POR AQUÍ...
LA CIUDAD QUEDA PARA ALLÁ ¿A DÓNDE ESTÁS YENDO?
CRÉEME...
...NO QUERRÁS SABER.
AYÚDAME A ALEJARLO DEL ÁRBOL.
UM...
¿QUÉ ESTÁS HACIENDO?
ESAS COSAS NO LUCEN MUY INTELIGENTES. SIN EMBARGO, NUNCA LOS VI CONFUNDIRSE A UNO DE NOSOTROS CON UNO DE ELLOS... Y HE VISTO A ALGUNOS DE ESOS BICHOS QUE PARECÍAN ESTAR VIVOS A LA DISTANCIA.
ENTONCES ESTUVE PENSANDO QUÉ LOS AYUDA A DIFERENCIARNOS... Y ESTANDO CERCA DE ESTE AMIGO CREO QUE LO ENTENDÍ.
ES EL OLOR.

AHORA, TAMBIÉN VIMOS A ALGUNOS DE ELLOS PERDER MEDIA CARA Y SEGUIR CAMINANDO. QUEDA CLARO QUE NO SIGUEN FUNCIONANDO A PLENA CAPACIDAD.
ENTONCES, DEFINITIVAMENTE NO DIGO QUE SEAN SABUESOS QUE PUEDAN RECONOCERNOS POR EL OLOR.
QUIZÁS SÓLO SEA EL HECHO DE QUE NO APESTAMOS COMO ELLOS. PERO TENGO QUE PENSAR QUE HAY ALGO EN RELACIÓN CON NUESTRO AROMA.
AMBOS TENEMOS PIERNAS Y BRAZOS... DEBERÍA SER FÁCIL PARA ELLOS CONFUNDIRSE... PERO NUNCA SE ATACAN ENTRE SÍ.
!
WHACK!
TOMA. FRÓTATE ESTO EN TU ROPA Y LUEGO MÉTELO EN TU BOLSILLO. CREO QUE UNAS PIEZAS PARA CADA UNO SERVIRÁN.
HWAGG!
LO SIENTO... NO ME VEÍA VENIR ESTO EN LA MAÑANA. ESTOY ACOSTUMBRADO AL OLOR DE LA CIUDAD, PERO TENER ESTO ENCIMA ES UNA HISTORIA COMPLETAMENTE DIFERENTE.
ENTIENDO, SI HUBIESE SABIDO QUE HOY HARÍA ESTO... NO ME HABRÍA LEVANTADO DE LA CAMA.
PERO CREO QUE DEBERÍAMOS INTENTARLO.
NO TE PONGAS NADA EN LA CARA. SUS MORDIDAS SON FATALES AL CONTACTO CON PIEL LASTIMADA. ESTAS COSAS SON TAN REPUGNANTES QUE NO QUIERO IMAGINAR QUÉ SUCEDERÍA SI ALGO ENTRARA EN TU BOCA.
NUNCA ME ATREVERÍA A FROTAR ESTA MIERDA EN MI CARA.

ESPERO QUE FUNCIONE.
YO TAMBIÉN.
ME VOY A SENTIR REALMENTE ESTÚPIDO SI HICIMOS ESTO PARA NADA.
BLAGG!
PERDÓN DE NUEVO.
SABES, SI TU TEORÍA DEL OLOR ES CORRECTA, VOY A ESTAR *MUCHO* MÁS A SALVO QUE TÚ.
NECESITO RASCARME LA NARIZ.

BIEN...
...VEAMOS SI FUNCIONA.
N-NADA HASTA AHORA...
¡¡RUUGH!!
¡NO! ¡NO WAY! ESTO NO VA A FUNCIONAR... ¡NO HAY CHANCE!
GLENN, ESCÚCHAME. SÓLO ME PEGÓ EN LA MANO. QUERÍA QUE LO DEJEMOS SOLO... NADA MÁS. VA A FUNCIONAR.
MÍRALO.
NO VIENE TRAS NO-SOTROS.

QUÉ DÍA GRIS Y NUBLADO.
NO SE TÚ, PERO YO ME ESTABA HARTANDO DE ESA BRILLANTE LUZ SOLAR QUE CONTRADICE LO QUE VERDADERAMENTE ESTÁ PASANDO AQUÍ.
AL MENOS **ESTO** ES MÁS CONSISTENTE.
¿ESTÁS LISTO?
LA VERDAD QUE NO.
YO TAMPOCO.
DIOS. ¿HACES ESTO TODOS LOS DÍAS?
SEP.
DE ACUERDO AL MAPA. LA CALLE *PLEASANT* ES POR ALLÍ.
POR AHORA VA BIEN.
TAMPOCO PARECEN NOTAR QUE HABLAMOS.
ELLOS TAMBIÉN HACEN SONIDOS... QUIZÁ **NO PUEDAN** NOTAR LA DIFERENCIA.
TENEMOS QUE IR POR **AQUÍ**. CASI LLEGAMOS.
NUNCA ENTRÉ TAN ADENTRO DE LA CIUDAD.

POR DIOS.
ES PEOR DE LO QUE PENSÁBAMOS.
D4-RRO
POLICE

SOLO MANTÉN LA *CALMA*... NO ENLOQUEZCAS. ESTAREMOS BIEN.
MIRA, ALLÍ ESTÁ.
GUN SIT
UN MOMENTO.
¿PARA QUÉ ES *ESO*?
PODEMOS LLEVAR MÁS ARMAS CON ESTO.
OH, TIENE SENTIDO.
ENTONCES ¿CÓMO ENTRAMOS?
ESTA PUERTA ES DE *MADERA*.

THUNK!
THUNK!
THUNK!
TENEMOS QUE DARNOS PRISA. ESAS COSAS ME ESTABAN OBSERVANDO MIENTRAS ROMPÍA LA PUERTA. CREO QUE COMENZARON A NOTAR QUE SOMOS DIFERENTES.
ESTAMOS EN DESVENTAJA SIN SABER QUÉ TAN INTELIGENTES SON.
WHUMP!
¿QUÉ DEBERÍAMOS LLEVAR?
UN POCO DE TODO... LO MÁS QUE PODAMOS METER EN EL CARRO.
PERO ASEGÚRATE DE TOMAR MUCHA MUNICIÓN.

TENEMOS QUE ASEGURARNOS DE NO AGARRAR NADA QUE NO VAYA CON LAS ARMAS QUE ELEGIMOS.
SÍ... BIEN PENSADO.
THE GUN SITE
OPEN
KLUNK!
¿CREES QUE TENEMOS SU- FICIENTE?
POR UN TIEMPO AL MENOS...
LARGUÉ- MONOS.
Remington
POLICE
MIERDA ESTÁ COMENZANDO A LLOVER.
¡¿QUÉ HICISTE?! ¡¿CREES QUE NO NOTARÁN *ESO*?!
RÁPIDO.
NO VAMOS A DURAR MUCHO EN ESTA LLUVIA.

¡MIER-DA!
¿QUÉ? ¿QUÉ SUCEDE?
¡¡MÍRALOS!! ¡¡LA LLUVIA ESTÁ QUITANDO EL OLOR!!
¡WHUGH!
¡MIERDA!
¡¡NUNCA LO VAMOS A LOGRAR!!
¡SÓLO CORRE!
¡VAMOS!

¡RICK!
CRASH!
ENDEREZA EL CARRO Y JUNTA TODAS LAS MUNICIONES QUE PUEDAS.
¡APRESÚRATE!
BLAM!
¡OH DIOS!
¡OH DIOS!
BLAM!
THUKK!

¡YAHHH!
CHOMP!
¡GARR!
¡GAAHH!
THUNK!
BLAM!
¡¡VAMOS, RICK!! ¡¡RÁPIDO O NO LO LOGRAREMOS!!

BLAM!
WHUMP!
¡CASI LLEGAMOS!
SÍ.
BLAM!
BLAM!
¡¡CREO QUE LO VAMOS A LOGRAR!!
¡¡SÓLO SIGUE CORRIENDO!!

KRAK!
OKEY...
...C-CREO QUE LOS PERDIMOS... RECUPEREMOS EL ALIENTO.
¿RICK?
¡¡OH, GRACIAS A DIOS!!
¡¡OH, JESÚS!
¡OH, CIELOS!
¡CREÍ QUE ME HABÍAN MORDIDO!
¿EN SERIO? MIERDA... SUPONGO QUE TUVIMOS SUERTE ESTA VEZ.
BUENO... LLEVEMOS ESTAS ARMAS AL CAMPAMENTO ANTES DE QUE OSCUREZCA.
SÍ...
GLENN.
POR FAVOR NO LE DIGAS A LORI QUÉ CERCA ESTUVIMOS.

NO TIENES NADA DE QUÉ PREOCUPARTE, LORI. RICK SABE CUIDARSE. YA HAS VISTO POR LO QUE ATRAVESÓ.
ÉL Y GLENN VOLVERÁN ANTES DE QUE TE DES CUENTA.
TAN SÓLO-- SÓLO QUISIERA QUE NO SE HUBIESE IDO.
MALDICIÓN... ¡¿POR QUÉ ME TIENE QUE HACER PASAR POR ESTO DE NUEVO?!
REGRESA AL CAMPAMENTO. HACE DEMASIADO FRÍO PARA ESTAR AFUERA CON ESTA LLUVIA.
VAMOS... ESTANDO AQUÍ NO VAS A HACER QUE REGRESE MÁS RAPIDO.
TE HARÉ COMPAÑÍA.
SHANE-- NO.
TIENES QUE PARAR. RICK AHORA ESTÁ DE REGRESO... ESTÁ VIVO... Y ES MI MARIDO.
TIENES QUE TERMINAR CON ESTO.

PERO ¿QUÉ HAY DE ESA NOCHE CUANDO NOSOTROS--? ¿ALLÍ EN LA RUTA?
ESA NOCHE--
...
ESA NOCHE FUE UN ***ERROR***.
POLICE

Portada Original USA THE WALKING DEAD #5

Portada Original USA THE WALKING DEAD #6

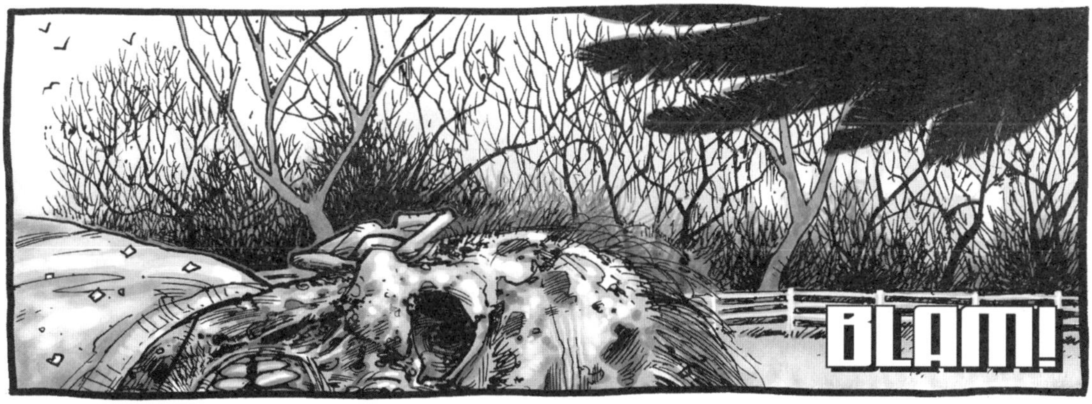
BLAM!

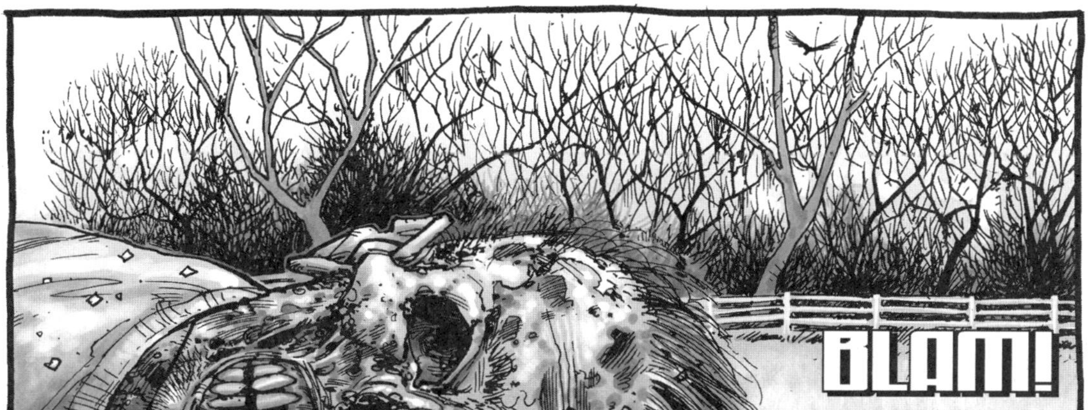
BLAM!

ASÍ SE HACE. ESTÁS MEJORANDO MUCHO, DONNA. UN PAR DE SEMANAS ATRÁS NO LE HUBIERAS DADO A NADA. Y AHORA LE ESTÁS ACERTANDO A CASI LA MITAD DE LOS BLANCOS.
MÍRENME. SOY TODA UNA TIRADORA.
SIGUE PRACTICANDO. NO ESTÁS TAN LEJOS DE ESO.
NI DE CASUALIDAD SOY TAN BUENA COMO ANDREA PERO GRACIAS DE TODOS MODOS.
CREO QUE LO MISMO SE PUEDE DECIR DE SHANE Y DE MÍ.
BLAM!
BLAM!
...
KPOW!
¿CÓMO VA?

¿EH? OH, HEY RICK, ¿QUÉ CUENTAS?
ACABO DE DARLE A DONNA ALGUNOS CONSEJOS. ESTÁ MEJORANDO MUCHO, AUNQUE NO CREO QUE NADIE NOS SORPRENDA MÁS QUE ANDREA AQUÍ PRESENTE.
SÍ, Y POR LO QUE PUEDO DECIR, NO ESTÁ HACIENDO TRAMPA... Y NO ES EL VIENTO EL QUE TIRA LAS LATAS. PARECE QUE TENEMOS UNA "FENÓMENO" EN NUESTRAS MANOS.
OH, CHICOS...
...ES SOLO APUNTAR Y DISPARAR. NO ES NEURO-CIRUGÍA.
PTANG!
QUIZÁ PARA TI, PERO INTENTA DECIRLE A MI ESPOSA CUÁN FÁCIL ES.
OH, ¡NO SEAS MALO!
¡EY, CARL! ¿ESTÁS LISTO?

¡VOY A DISPARAR LATAS!
¡QUÉ BUENO!
GRACIAS POR HECHARLE UN OJO.
MIENTRAS REGRESES A AYUDARME ANTES DE QUE NOS VAYAMOS... CREO QUE ESTAMOS A MANO.
¡NADIE MEJOR QUE YO CON MI ARMA!
¡CARL! ¡TRANQUILÍZATE!
...

PTANG!
¡BUEN TRABAJO, HIJO! ¡LO ESTÁS HACIENDO GENIAL! ESTOY MUY ORGULLOSO DE TI.
GRACIAS, PAPÁ.
¿ESO SIGNIFICA QUE AHORA PUEDO LLEVAR UN ARMA COMO LOS DEMÁS?
SÍ... CREO QUE SÍ.
¡OIGAN TODOS! YA FUE SUFICIENTE POR HOY. COMIENCEN A RECOGER LAS COSAS.
¡LO HICIERON MUY BIEN! CREO QUE TODOS AQUÍ SON CAPACES DE DEFENDERSE SOLOS, AL MENOS A CORTA DISTANCIA. TODOS DEBERÍAN ESTAR CONTENTOS CON SUS PROGRESOS. RICK Y YO ESTÁBAMOS UN POCO PREOCUPADOS CUANDO COMENZAMOS SEMANAS ATRÁS. PERO NOS HAN IMPRESIONADO A AMBOS.
VAYAMOS VOLVIENDO AL CAMPAMENTO... ESTÁ OSCURECIENDO.

TAMBIÉN, ANTES DE IRNOS... TENGO UN ANUNCIO QUE HACER. SI HAN ESTADO PRESTANDO ATENCIÓN A CARL EN ESTE CAMPO DE TIRO, HABRÁN VISTO QUE SABE CÓMO MANEJAR UN ARMA.
SÉ QUE ES JOVEN, PERO CUESTIÓN DE SEGURIDAD, COMENZARÁ A PORTAR SU PROPIA ARMA A PARTIR DE AHORA.
SÉ QUE ALGUNOS DE USTEDES, MI ESPOSA INCLUIDA, SE OPONEN A ESTO, PERO CUANDO DIGO QUE TODOS NECESITAN UN ARMA, ME REFIERO A TODOS. CONFÍO EN QUE ME AYUDARÁN A VIGILARLO. ÉL VA A LLEVAR SU PISTOLA ENFUNDADA TODO EL TIEMPO, PERO SI LA SACA UNA VEZ SIN PELIGRO PRESENTE SE LA QUITARÉ.
POR FAVOR, AVÍSENME SI LO VEN ACTUANDO IRRESPONSABLEMENTE.
MALDICIÓN, LORI... ¿PODRÍAS CORTARLA? ES POR SEGURIDAD.
¿LO ES? ¿CÓMO PUEDES ESTAR TAN SEGURO? ¡TIENE SIETE AÑOS, POR TODOS LOS CIELOS! NO ES UNA BUENA IDEA, PERO CREO QUE EL FIN DEL MUNDO SIGNIFICA QUE YA NO TENGO MÁS VOZ EN LA EDUCACIÓN DE MI PROPIO HIJO.
MIERDA, LORI, ESTÁS SOBREACTUANDO. AL PRIMER SIGNO DE QUE LA TRATE COMO A UN JUGUETE, SE LA SACO PARA SIEMPRE. ESTÁ EN SU FUNDA CON EL SEGURO PUESTO. SÓLO ESTÁ AHÍ PARA EMERGENCIAS.
COMO DIGAS.
DESEARÍA QUE ESTE LUGAR NO ESTUVIESE TAN JODIDAMENTE LEJOS DEL CAMPAMENTO.
¿TE GUSTARÍA QUE UN GRUPO DE ESOS MONSTRUOS SIGUIERAN LOS RUIDOS DE LOS DISPAROS HASTA NOSOTROS?
TIENES RAZÓN.

¡BIENVENIDOS! ¿YA SON TODOS EXPERTOS AHORA?
ALGUNOS. TÚ TAMBIÉN PODRÍAS PRACTICAR UN POCO, SABES. NO NECESITAS QUEDARTE AHÍ Y PROTEGER EL CAMPAMENTO SI NO ESTAMOS AQUÍ.
ES VERDAD, PERO ODIARÍA REGRESAR Y ENCONTRAR A UN PAR DE TIPOS MUERTOS REVOLVIENDO NUESTRAS COSAS, APESTÁNDOLO TODO.
EL CAMINO TAN LARGO TAMPOCO ES MUY TENTADOR.
UN POCO DE EJERCICIO NO VIENE MAL.
LOS EJERCICIOS CANSAN. ¿A QUIÉN LE GUSTA SENTIRSE TENSO, ATERRORIZADO, MISERABLE, CONGELADO Y ENCIMA CANSADO?
MIRA A ESOS TRES... VIVIENDO EN PECADO ENFRENTE DE DIOS Y DE TODOS. ES ANTICRISTIANO.
JUZGAR A LOS DEMÁS TAMBIÉN LO ES, SI MAL NO RECUERDO.
-HMPH-
MUY BUENA.

LORI ME CONTÓ QUE DONNA NO SE CALLA CON ESO DE QUE VIVAS CON DOS CHICAS EN TU REMOLQUE. COMENZÓ NI BIEN VOLVIMOS DE LA PRÁCTICA DE TIRO Y NO HA PARADO DESDE ENTONCES.
ES MÁS, ES PARA LO ÚNICO QUE ME DIRIGIÓ LA PALABRA DESDE QUE DEJÉ PRACTICAR A CARL.
DONNA NO MOSTRARÁ NI UNA PIZCA DE GRATITUD POR HABERLE SALVADO LA VIDA. NO SÉ CÓMO ALLEN LA SOPORTA.
POBRES CHICOS... PIENSEN CÓMO DONNA VA A EDUCAR A ESOS GEMELOS.
¿SABES? ME PARECE QUE TE HAS GANADO EL DERECHO A ESTAR EN COMPAÑÍA DE DOS JÓVENES HERMOSAS. SIN TODOS TUS RECURSOS ESTARÍAMOS JODIDOS.
SÓLO LA DUCHA TE HIZO UNA DE MIS PERSONAS FAVORITAS.
VAMOS, MUCHACHOS... NO ESTOY HACIENDO NADA CON ESA DOS CHICAS. PARA SER HONESTO, SOY UN HOMBRE MAYOR... MI PLOMERÍA YA NO ES LO QUE ERA.
LO QUE PASA ES QUE PERDÍ A MI ESPOSA HACE SÓLO DOS MESES... ES AGRADABLE TENERLAS CERCA. MANTIENEN EL LUGAR LIMPIO... Y ME RECUERDA LO QUE ERA TENERLA A ELLA CERCA.
NO TIENES QUE EXPLICARNOS NADA A NOSOTROS... SON TUS ASUNTOS.
DONNA SÓLO ES UNA AMA DE CASA QUE NO TIENE SUS TELENOVELAS PARA MANTENER SU CEREBRITO OCUPADO. NO DEJES QUE TE AFECTE.
WHACK!

DÉJAME TOMAR OTRO TURNO, RICK... AÚN NO ME CANSO.
YA REGRESEMOS AL CAMPAMENTO, AMIGOS. CREO QUE TENEMOS SUFICIENTE HASTA PARA LA COMIDA.
¿SEGURO? INCLUSO CON EL CIERVO QUE SHANE MATÓ AYER EN NUESTRAS PANZAS PODRÍA PONERSE BASTANTE FRÍO POR LA NOCHE.
POLICE
¡MALDITA SEA, RICK! ¡¿TE VAS A RELAJAR DE UNA PUTA VEZ?! ESTOY COMPLETAMENTE HARTO DE ESCUCHAR TODA ESA MIERDA. YA SÉ QUE HACE FRÍO... Y YA SÉ QUE SE VA A PONER PEOR.
VAMOS A ESTAR BIEN.
NO VOY A MUDAR EL PUTO CAMPAMENTO DE LUGAR, ¿DE ACUERDO? ¡Y NO QUIERO ESCUCHAR NADA MÁS!
...
ESTE MUCHACHO TIENE PROBLEMAS.

DALE, ESTA COSA FUNCIONA PERFECTO... NO SÉ CÓMO COCINARÍAMOS CARNE SIN ELLA.
NUNCA DEJABA MI HOGAR SIN ABASTECIMIENTOS... NUNCA SE SABE QUÉ NECESITARÁS CUANDO ESTÁS EN PLENA RUTA.
ESO ME RECUERDA... QUE AÚN NO TENGO LA MENOR IDEA DE QUÉ HACÍAN TODOS USTEDES ANTES DE QUE TODA ESTA MIERDA COMENZARA.
COMO TÚ, DALE. ¿SÓLO VIAJABAS?
CASI SIEMPRE. FUI VENDEDOR DURANTE CUARENTA AÑOS. ME PASÉ LA VIDA DETRÁS DE UN ESCRITORIO AL TELÉFONO. A LA SEMANA DE RETIRARME MI ESPOSA Y YO COMPRAMOS ESTA CASA RODANTE Y PARTIMOS PARA VER AMÉRICA.
LLEVÁBAMOS VIAJANDO UNOS DOS AÑOS CUANDO TODO ESTO COMENZÓ A SUCEDER.
ESTÁBAMOS EN UN CAMPAMENTO A UNOS 15 KM DE AQUÍ, REGRESANDO DE FLORIDA... LA NOTICIA NOS LLEGÓ UN POCO TARDE... NI SABÍAMOS QUE ESTABA PASANDO.
MI ESPOSA... NO PUDO SALIR DE ALLÍ.
TRAS ENTERRARLA... ME DIRIGÍ HACIA ATLANTA. TENÍA ALGUNOS SOBRINOS ALLÍ Y LA RADIO DIJO QUE ERA EL LUGAR MÁS SEGURO DE LA ZONA. POR SUPUESTO CUANDO LLEGUÉ YA ESTABA CERRADA Y LAS TROPAS AÚN ESTABAN INTENTANDO CONTENER A LAS HORDAS ALLÍ DENTRO. ASÍ QUE TERMINÉ ACAMPANDO AQUÍ.
DE CAMINO A ATLANTA ME TOPÉ CON AMY Y ANDREA VARADAS... SIN GASOLINA... Y LAS LEVANTÉ.
ANDREA ME ESTABA LLEVANDO AL COLEGIO. LAS CLASES EMPEZABAN EN UNOS DÍAS. YO ERA PROFESORA DE GIMNASIA... UNA PRINCIPIANTE. Y DADO LO LEJOS QUE VIVÍA DEBERÍA HABER TOMADO UN VUELO, PERO SIEMPRE DISFRUTAMOS MÁS VIAJANDO POR LA RUTA.
YO ERA EMPLEADA DE UN ABOGADO... ESE TRABAJO ES UNA DE LAS POCAS COSAS QUE NO EXTRAÑO.

YO HACÍA *DELIVERY* EN **MACON**, GEORGIA. ESTABA NADANDO EN DEUDAS Y DABA **LO QUE FUESE** POR SALIR DE ALLÍ.
PERO *BUEH*... AHORA QUE TODO SE FUE AL CARAJO, **CON GUSTO** VOLVERÍA A ESA SITUACIÓN, CON TAL DE QUE TODO VOLVIESE A LA NORMALIDAD.
ES QUE... ¿QUIÉN NO QUISIERA? YO ESTABA REALMENTE **MAL**. A PUNTO DE PERDER MI **DEPARTAMENTO**... MI **COCHE**... IBA A TENER QUE TRAGARME MI ORGULLO Y ARRASTRARME DE REGRESO A PEDIR **AYUDA** A MIS PADRES. ME HABÍA PROPUESTO NO VOLVER A **HABLARLES** NUNCA.
JE... AHORA QUE SÉ QUE NO PUEDO HABLARLES POR MÁS QUE QUISIERA... ME DAN GANAS DE HACERLO.
YO ERA VENDEDOR DE ZAPATOS. TENÍA UN NEGOCIO EN UN *SHOPPING*... NADA ESPECTACULAR PERO PAGABA LAS CUENTAS, BUENO... LA MAYORÍA DE ELLAS. DIGAMOS QUE LA PARTE DE LAS DEUDAS DE LA HISTORIA DE GLENN ES BASTANTE PARECIDA.
VIVÍAMOS EN GAINESVILLE, QUEDA COMO A UNOS 30 KMS. Y COMO CASI TODOS AQUÍ... LLEGAMOS A ATLANTA UN POCO **TARDE**.
GLENN, DALE Y LAS CHICAS YA HABÍAN ARMADO EL CAMPAMENTO PARA CUANDO **LLEGAMOS**. NUESTRO COCHE SE AVERIÓ Y CAMINAMOS HASTA AQUÍ. ESE PEDAZO DE MIERDA **NUNCA** ANDUVO.
CAT
MECÁNICO.

¿ME DAS UN POCO MÁS DE ESE BICHO, ALLEN?
SEGURO, RICK... SE ECHARÁ A PERDER SI NO LO COMEMOS.
BUENO YA ME CONOCEN. POLICÍA DE UNA PEQUEÑA CIUDAD DE KENTUCKY... SÓLO DISPARÉ MI ARMA UN PAR DE VECES... NUNCA A NADIE... AUNQUE LA ÚLTIMA VEZ QUE ESTUVE DE SERVICIO LO INTENTÉ.
ME BALEARON... ESTUVE EN COMA POR UN TIEMPO... Y DESPERTÉ EN ESTE INFIERNO. CASI ME VUELVO LOCO PENSADO EN LORI Y CARL.
MI AMIGO, SHANE, LOS CUIDÓ POR MÍ.
YO ME SENTÍA MUY MAL PORQUE RICK FUE BALEADO... DEJÉ DE VISITARLO CUANDO LORI ME DIJO QUE VENDRÍA PARA AQUÍ A QUEDARSE CON SUS PADRES. NO PODÍA DEJARLA VENIR SOLA. SE ESTABA TORNANDO BASTANTE FEO AHÍ AFUERA... POR SUPUESTO... NO TENÍA IDEA DE CUÁN MALO SE IBA A PONER.
SE SUPONÍA QUE EL HOSPITAL IBA A QUEDAR ABIERTO... ENTONCES SUPUSIMOS QUE RICK ESTARÍA BIEN. ÍBAMOS A REGRESAR POR ÉL PERO NOS QUEDAMOS VARADOS AQUÍ.
SI TERMINA BIEN, ESTUVO BIEN. Y TÚ, CAROL... ¿QUÉ HAY DE TÍ?
OH... UM... ESPEREN.

EL PADRE DE SOFÍA ERA EL SOSTÉN DE LA FAMILIA. YO VENDÍA ALGUNOS *TUPPERS* DE VEZ EN CUANDO PERO SÓLO PARA AMIGOS Y VECINOS. NO LO CONSIDERARÍA UN TRABAJO.
MI MARIDO ERA VENDEDOR DE AUTOS. DECÍAN QUE PODÍA **CONVENCER** A CUALQUIERA DE LO QUE SEA... ME CONVENCIÓ DE **CASARNOS**... Y DE QUEDARME CON ÉL LUEGO DE ESO...
...
ÉL VIO **MORIR** A SUS PADRES NI BIEN TODO COMENZÓ. NO PUDO LIDIAR CON ESO... ÉL SÓLO SE DESCONECTÓ DE LA VIDA... EHH... **YA SABEN...**
LUEGO DE QUE ÉL SE... **FUE**. SOFÍA Y YO VINIMOS AQUÍ A QUEDARNOS CON MI HERMANA... PENSAMOS QUE VALDRÍA LA PENA EL VIAJE SI ESTÁBAMOS CON ALGUIEN CONOCIDO... PERO NUNCA LLEGAMOS A LA CIUDAD, POR SUERTE.
BUENO, TENGO QUE **MEAR.**
¿ALGUIEN NECESITA ALGO DE ADENTRO? ¿MÁS SERVILLETAS? CREO QUE QUEDAN ALGUNAS.

¡AAAH!
ROAGH.
¡GAR!
¡AAERGH!
¡AMY, NOOO!

BLAM!
¡OH, DIOS MÍO! ¡OH, DIOS MÍO!
¡AMY, OH, DIOS!
¿QUÉ HAGO?
TENEMOS QUE TRATAR DE PARAR EL SANGRADO... YO--
GARGLE
*
LO SIENTO-- YO--
MURIÓ.
¡CUIDADO, RICK! ¡NO ERA EL ÚNICO!
AUGH.
WINN

¡¡LORI, METE A LOS NIÑOS EN UN COCHE Y QUÉDENSE AHÍ!!
BLAM!
¡VAMOS!
¡JESUCRISTO!
BLAM!
BLAM!
BLAM!
BLA

¡VAMOS! ¡NO ES SEGURO AQUÍ!
NO.
NO.
NO.
¡AHH!
BLAM!
¡VAMOS, NO SABEMOS CUÁNTOS HAY!
¡EEEK!
GRUH.
¡MIERDA!
¡MIERDA!
BLAM!
¡AAH!

BLAM!
...
¡HMGH!
BLAM!
THUD!
¿ESTÁS BIEN?
S-SÍ...
¿ESTÁN TODOS BIEN?
S-SÍ... ESTAMOS BIEN.

BLAM!
¡DALE, TIENES QUE LEVANTARLA! ¡LLÉVALA AL CAMPAMENTO!
BLAM!
BLAM!
¡RUHH!
BLAM!

¡WUAGG!
FWUMP!
GRRR.
¡MI FAMILIA!
WHACK!
¡MI FAMILIA!
SPLACK!
¡TÚ LOS MATASTE!
SPLICK!

JIM... DETENTE... SE ACABÓ.
THUMP!
...
ESAS COSAS MATARON A MI FAMILIA.
LO SIENTO MUCHO, ANDREA
LO SIENTO MUCHO.
OH, DALE...
BLAM!
...NO PODÍA DEJAR QUE REGRESASE ASÍ...
LAMENTO HABERME ENOJADO CONTIGO... FUE TAN ESTÚPIDO... SI ALGO TE HUBIESE PASADO, YO--
LO SÉ...
...ESTÁ BIEN...

¡¡JIM!! ¡JIM, OH, DIOS SANTO! ¡¡TE MORDIERON!!
¿ESTO?
NO ES NADA... SÓLO UN RASGUÑO.
SÓLO UN RAZGUÑO...

POLICE
...

ELLA SIEMPRE TENÍA ALGO QUE *DECIR*. ERA UNA DE LA COSAS QUE AMABA DE AMY. CUANDO TODOS ESTÁBAMOS DEMASIADO *SHOCKEADOS*... O PREOCUPADOS O SÓLO ASUSTADOS...
...ELLA DECÍA ALGO.
NOS HACÍA REÍR... NOS LEVANTABA EL ÁNIMO... SIN IMPORTAR LO QUE PASARA.
YO-- YO DESEARÍA QUE ESTUVIESE AQUÍ *AHORA*.
POLICE
NOSOTROS QUIZÁ NO PASAMOS MUCHO TIEMPO JUNTOS... PERO LA AMABA... AMO A TODOS AQUÍ. TODOS CONTAMOS CON TODOS... TODOS *NECESITAMOS* A TODOS. ESTO ES DURO, PERO ELLA PARECÍA TOMÁRSELO CON CALMA.
CADA UNO DE NOSOTROS PUEDE APRENDER ALGO DE ELLA.
ERA UNA LINDA CHICA... *INTELIGENTE* TAMBIÉN. *DEBERÍA* HABER IDO A LA UNIVERSIDAD... VIVIR SU VIDA... SER *JOVEN*... SER *FELIZ*... ESTO NUNCA DEBERÍA HABER PASADO.
NO SE MERECÍA *ESTO*.
NADIE MERECE ESTO.

LLEGÓ A MI VIDA EN EL MOMENTO EN QUE YO ESTABA LISTO PARA **MORIR**. ME DIO GANAS DE VIVIR... Y **NUNCA** SERÉ CAPAZ DE AGRADECÉRSELO.
LA EXTRAÑARÉ. **TODOS** LO HAREMOS.
YA NADA VOLVERÁ A SER LO **MISMO**.
LICE
¿ANDREA?
...

¿QUIERES MÁS SÁBANAS?
NO...
...ESTOY BIEN.
ESTO DEBERÍA REFRESCARTE LA CARA UN POCO.
GRACIAS...
EL JEFE DE MI GARAGE... EL PRIMER TIPO QUE VI SER ATACADO. SE TRANSFORMÓ EN UNAS *HORAS*. NADIE DURA MÁS DE UN DÍA... NO TRAS SER MORDIDO.
SUPONGO QUE TENGO SUERTE.
QUIZÁS NO TE TRANSFORMES. NADIE ESTÁ SEGURO DE NADA.
SÍ...
SI NECESITAS ALGO... SÓLO PÉGAME UN *GRITO*. ALGUIEN ME AVI-SARÁ SI NO LO ESCUCHO.

GRACIAS POR CUIDARLO, QUERIDA. LAS DEMÁS CHICAS ESTÁN MUY ASUSTADAS COMO PARA ACERCÁRSELE, Y ÉL NO DEJARÁ QUE NINGUNO DE LOS HOMBRES LO TOQUE.
¿CÓMO ESTÁ?
PEOR.
SI LO QUE DALE DIJO SOBRE SU ESPOSA ES VERDAD... NO VA A DURAR MUCHO. ELLA CAMBIÓ EN MENOS DE MEDIO DÍA. ESTO ES LO MISMO... SÓLO QUE ESTÁ TARDANDO MÁS.
DICE QUE SE ESTÁ CONGELANDO PERO ESTÁ ARDIENDO SI LO TOCAS. AÚN ESTÁ LÚCIDO... HAY QUE VER.
QUIZÁ NO LE PASE NADA.
SÍ...

HOY SIN DISPAROS, CARL. SÓLO OBSÉRVANOS Y QUÉDATE QUIETO.
¡OH, PAPÁ!
¡SILENCIO! NO QUERRÁN ESPANTAR A LA CENA.
LO SIENTO.
BLAM!
BUEN TIRO... UN PAR MÁS DE ESOS Y YA ESTAMOS HECHOS.
...

YA NO TENEMOS QUE CONSEGUIR TANTO, PÁ. AMY ESTÁ MUERTA... Y JIM ESTÁ MUY ENFERMO COMO PARA COMER.
LO SÉ, HIJO... LO SÉ.
¡CON UN DEMONIO, RICK! ¡¡NO ES MI PUTA CULPA!!
POLICE
¡SÍ QUE LO ES! ¡TE DIJE QUE ESTO IBA A PASAR! ¡NO ESTAMOS SEGUROS AQUÍ! ¡¿CUÁNTA GENTE TIENE QUE MORIR PARA QUE TE DES CUENTA?!
¡SI CREYERA QUE PODRÍAMOS SOBREVIVIR SOLOS ME LLEVARÍA A CARL Y LORI DE AQUÍ! ¡NECESITAMOS SALIR DE ESTE LUGAR, SHANE! SAQUEMOS LO QUE QUEDA DE COMBUSTIBLE DE LOS COCHES Y PONGÁMOSELO AL REMOLQUE DE DALE Y LARGUÉMONOS. ¡HOY... YA... SÓLO ALEJÉMONOS DE LA CIUDAD Y ENCONTREMOS UN LUGAR MÁS SEGURO!
¡PIENSA, RICK! NOS PERDERÍAMOS AHÍ AFUERA. EL EJÉRCITO PASARÁ POR AQUÍ EN CUALQUIER MOMENTO CON VÍVERES Y REFUGIO Y TODO ESTO TERMINARÁ... NO QUIERO ARRIESGARME A ANDAR POR LOS CAMPOS... ¡NO QUIERO ARRIESGARME A QUE NOS DEJEN ATRÁS!
POLICE
¡¿EN QUÉ TE BASAS PARA ESO?! ¡¿QUÉ INDICIO TENEMOS DE QUE NO SOMOS LOS ÚNICOS SOBREVIVIENTES?! ¿QUÉ FUE ESE ATAQUE AL CAMPAMENTO? ¿ESTÁN CAZANDO EN GRUPOS AHORA? ¡NO SABEMOS NADA DE ELLOS!
¡¡NO ESTAMOS A SALVO!!
¡¡CARL!!

ANDREA... SI HAY ALGO QUE PUEDA HACER POR TI.

NO... NO VAMOS A HACERTE ESO. PODRÍAS MEJORAR. ESO SERÍA UN ASESINATO.
DONNA... NO COMPRENDES. PUEDO SENTIRLO LLEGAR. ESTO... TIENES QUE HACERLO. YO--
-COFFH-
-COFFG-
POR FAVOR... TIENES QUE HACER ESTO POR MÍ. C-CONVÉNCELOS. ES LA ÚNICA MANERA DE QUE ESTÉ DE NUEVO CON MI FAMILIA.
JIM SABE LO QUE QUIERE HACER...

JIM... ¿ESTÁS ABSOLUTAMENTE SEGURO DE ESTO?
D-DÉJENME.
CUANDO REGRESE... QUIZÁS ENCUENTRE... ENCUENTRE A MI FAMILIA ...
...
...QUIZÁS ELLOS R--REGRESEN TAMBIÉN.
QUIZÁS ESTEMOS JUNTOS DE NUEVO.
ADIÓS, JIM.

-AAWN-
BUENOS DÍAS.
BUEN DÍA, PAPÁ.
POLICE
HEY, RICK.
AVÍSAME CUANDO ESTÉS LISTO ASÍ NOS VAMOS A CAZAR.

SÓLO DAME UNOS MINUTOS PARA DESPERTARME Y ESTARÉ LISTO.
¿PUEDO IR YO TAMBIÉN?
LO SIENTO, HIJO... ESTA VEZ NO.
¡PERO PAPÁ!
VAMOS, RICK. ¿POR QUÉ NO LO DEJAS VENIR?
PORQUE... NECESITAMOS HABLAR, SHANE.
¿DE QUÉ TENEMOS QUE HABLAR?
¿DE QUÉ CARAJO CREES?

POW!
¡¡NO FUE MI MALDITA CULPA!!
¡HIJO DE PUTA!
¡ACK!
¡ALÉJATE DE ÉL, JODIDO LUNÁTICO!
...

¡¿QUÉ CARAJO TE PASA?!
LORI.
YO--
...

YO--
...
¡A LA MIERDA TODO ESTO!
-SIGH-
¡SHANE, ESPERA!

¿QUÉ NOS ESTÁ PASANDO?
LORI, ¿ESTÁS *BIEN*?
NUNCA VOLVERÁ A SER LO *MISMO* DE ANTES. *NUNCA* VAMOS A SER NORMALES.
SÓLO *MÍRANOS*.

¡SHANE! ¡DETENTE!
¡PARA!
¡¿QUÉ?! ¡¿QUÉ QUIERES?!
¡¿VIENES A ARRANCARME EL CORAZÓN DEL PECHO?!!
¡SHANE, DIOS! ¿DE QUÉ ESTÁS HABLANDO?
¡¡TEN CUIDADO CON ESO!!
¡VEN Y ARRÁNCALO, RICK! ¡¡NO LO NECESITO MÁS!!
¡TÓMALO!
¡TÓMALO!
SHANE, YO--
¿PUEDES BAJAR EL ARMA?
¡SÍ QUE LO LOGRASTE CONMIGO,! ¡REALMENTE LO HICISTE, AMIGO! ¡OH, SÍ QUE LO HICISTE! ¡AHORA NO SOY NADA, RICK!
¡NADA!

¡NO TENGO NADA, RICK! ¡¡NI AMIGOS!! ¡¡NI FAMILIA!! ¡¡NI UNA PUTA VIDA!!
¡ESTE MALDITO MUNDO! ¡ESTE JODIDO MUNDO DE MIERDA Y OLVIDADO POR DIOS! ¡NO HAY NADA PARA! MÍ AQUÍ, RICK!
¡NADA!
PENSÉ QUE PODRÍA LOGRARLO... QUE PODRÍA CONSEGUIRLO... ESPERAR A QUE ELLOS NOS VENGAN A RESCATAR. ¡ELLOS PODRÍAN HABER TRAÍDO BUENAS CAMAS... Y BAÑOS CALIENTES... Y ROPA LIMPIA! ¡ELLOS ESTABAN VINIENDO, RICK!
¡¡ÍBAMOS A ESTAR BIEN!!
Y AÚN LO ESTAMOS, SHANE. ¡TODO VA A ESTAR BIEN!
¡NO PUEDO VIVIR ASI, RICK! ¡PENSÉ QUE PODRÍA PERO NO!
CREÍ QUE PODRÍA... TODO IBA TAN BIEN. ELLA SE ME ACERCARÍA EVENTUALMENTE... LO SABÍA.
ELLA SE ME ACERCARÍA.
¿¡QUÉ?!
TODO ERA TAN PERFECTO...

¡¡... HASTA QUE TÚ RE-GRESASTE!!
¡POR DIOS, SHANE! ¡¡DETENTE!!
NO, RICK... ¡ESTA ES LA ÚNICA MANERA! ESTO ES LO QUE TIENE QUE PASAR... NO DEBÍAS REGRESAR... ¡NO SE SUPONÍA QUE VIVIERAS.
POLICE
POR FAVOR, SHANE. NO HAGAS ESTO...
POLICE
¡BLAM!
¡NO LASTIMES A MI PAPÁ DE NUEVO!

¡GAK!
¡GUK!
¡CARL!
¡GARGLE!
THAP!
THUMP!
OH, HIJO...
NO ES LO MISMO QUE MATAR A LOS MUERTOS, PAPI.

NO, *NO LO ES,* HIJO.
NO LO ES.